疆阅典藏

平地波澜

西洲/著

新疆人民出版社

图书在版编目（CIP）数据

平地波澜 / 西洲著 .—乌鲁木齐：新疆人民出版社，2021.12（2024.7 重印）

ISBN 978-7-228-20869-2

Ⅰ . ①平…　Ⅱ . ①西…　Ⅲ . ①短篇小说—小说集—中国—当代　Ⅳ . ① I247.7

中国版本图书馆 CIP 数据核字（2021）第 258567 号

平地波澜

PINGDI BOLAN

出 版 人	李翠玲	装帧设计	陈　飞　刘堪海
责任编辑	陶小红　李　真	责任技术编辑	杨　爽

出版发行	新疆人民出版社
地　　址	乌鲁木齐市解放南路 348 号
邮　　编	830001
电　　话	0991-2825887（总编室）　0991-2837939（营销发行部）
制　　作	乌鲁木齐捷迅彩艺有限责任公司
印　　刷	新疆新华印务有限责任公司

开　　本	880mm × 1230mm　1/32
印　　张	8
字　　数	190 千字
版　　次	2021 年 12 月第 1 版
印　　次	2024 年 7 月第 2 次印刷
定　　价	42.00 元

目　录

八月秋风起

翠英把纸条传来的时候，是在政治课上，秦春云正在抄一首歌，歌本是沈老师的。

她抄的是《一剪梅》。

才抄到“一种相思”，就收到翠英的纸条，说祝玉变晚上要和她谈谈。

春云的心扑通扑通直跳。她要和自己谈什么？有什么好谈的！

吃了晚饭，她走到操场，操场上有几个人在打篮球，灰头土脸的。她又进了教室，天渐渐暗了下来。春云坐在那里发了半天呆，直到两三个男生走进来恶作剧般地冲她吼了一声，她才想起来点上蜡烛。烛火摇曳，那几个男生在后面打牌，她继续抄歌词。

男生们一边打牌一边议论着近来闹得沸沸扬扬的野猪事件。一个说：“听说了吗！前天晚上一群野猪来到了我们隔壁的郭圩村。每家都去了！挨家挨户糟蹋粮食。郭圩村的人吓得屁滚尿流。”另一个接话：“要是你，你也会吓得屁滚尿流！”他们笑了起来。

野猪这事不知道真假，不仅同学们在传，村里的大人们也在传，有模有样，有鼻子有眼，仿佛他们真的看到了，亲身经历了。

据说，野猪是从鹅毛岭来的。

据说，鹅毛岭正在下很大很大的雪。野猪没有吃的，所以，趁着这个时候出来觅食。

但是鹅毛岭在哪里，没有人知道。

秋收刚刚结束，庄稼地空旷无垠，没有什么遮挡。整个村子灰蒙蒙光秃秃的，靠近村庄的田地里，一个个麦秸垛顶着白霜立在地头。

村里的青壮劳力大都出门打工去了。幸好通往布口村的只有两条大路，村东头派人守，村西头也派人守。每户出一人，十户为一组。

村东头有一座桥，村里人轮流在那里守。有一次轮到春云家，妈妈要去，妹妹睡着了，春云害怕，就跟着妈妈一起去桥头值班。大家在桥头点了一堆火。几面锣放在旁边，一有动静就敲锣，吆喝大家注意。

秋天的夜晚凉意渐浓，头顶的夜空上寒星闪着淡蓝色的光芒，桥下的流水在阴影中波光闪动，像什么人的心事，若隐若现。

村里人围在火堆旁，有一句没一句地闲聊。春云坐在一抱麦秸上，一会儿看天上的星，一会儿又望望燃着的火堆。

董春林的样子就在那个时候又浮现在眼前。

大课间，学校的大喇叭里广播说，大家安静一下，初二3班的耿老师和初二2班的沈老师要合唱一首歌。大喇叭里传来了耿老师和沈老师的男女声对唱《糊涂的爱》。春云觉得这两位老师将来一定是会结婚的：他们都合唱了情歌，还会不结婚吗？

清唱的声音很好听，沈老师的女声里带着一点点软绵绵的慵懒，像她的人，看上去懒懒的，却让人不由得喜欢。但是耿老师怎么配得上沈老师呢？瘦瘦小小的，戴一副眼镜，头发整天梳得油光发亮的，看上去就不像好人。整个初二2班的女生，也包括3班的，都不喜欢耿老师。

但是怎么说呢？秦春云暗自想：就像那歌里唱的“这就是爱，说也说不清楚”。

英语课上了好久，秦春云还在想。就在一瞬间，她抬起头向门外看，看到了董春林。董春林大约是在上体育课，他从门口跑过去，正好和秦春云的视线撞在一起。他明明已经跑过去了，又跑回来对着发愣的秦春云笑了一笑。

他们本来是认识的。但她不记得怎么认识的。也许是因为布口村有董春林家的亲戚。有一次她到村西头奶奶家，看到董春林和他妈妈到秦宏家里去。

学校离家并不算特别远，但因为要上早晚自习，春云和翠英便都住了校。住校的男生并不多，董春林偶尔住在学校里。住校的时候他总是在校园里乱晃，放了学就约男生在尘土飞扬的操场上和老师们打篮球，打完球吃了饭就去有灯光的教室里胡乱地说话、打牌。他们就是那样渐渐熟悉起来的。

第二天一早，翠英就神秘兮兮地问她谈了什么，谈得怎么样。

能谈什么？又能怎么样？

其实她们什么也没有说。祝玉变说：“我认识你，你英语成绩很好，还参加了学校的演讲比赛和歌咏比赛。”

秦春云并不愿意提那次歌咏比赛，尽管后来拿了集体第一名，但是在学校开大会，校长突发奇想要他们当着大家的面再表演一次的时候，她因为忘了领队词而傻愣愣地站在主席台上哭了。全校的老师和学生都在那里！当然也包括董春林和祝玉变。

关于董春林，她们谁也没有提，仿佛他并不存在。其间，她还陪祝玉变去了一趟厕所。

祝玉变是董春林的女朋友。

“她都去过董春林家好几次了。大概他们一毕业就要结婚的。”翠英不屑地说。

“他们挺般配。”春云在纸上用圆珠笔乱画。

“有什么？你和他也很般配！”翠英嚷嚷起来。

“你乱讲什么！”春云的脸一下子红到了耳根。

她和翠英本来也并不是特别要好。女孩子之间，因为这件隐秘的情事而变得亲密起来。

“董春林家就在路边，有一幢红砖小二楼，他家里还有一个妹妹。”

“董春林家养了许多鸽子，放学他喂鸽子，打个呼哨，鸽子就全飞来了。”

…………

翠英告诉春云一些关于董春林的事。“哪天你到我家，我带你去他们家找他玩。”翠英说。

终于，一个周六，翠英带着春云去了她家。中午吃完饭，董春林的妹妹来找翠英的妹妹玩，翠英便说想去她家看鸽子。他妹妹说：“正好我哥一会儿就准备喂鸽子呢，你们快去吧。”

一路上春云的心都怦怦直跳，她不敢靠翠英太近，生怕她听见自己的心跳声。不知道走了多久，春云听见一声清脆的呼哨声，然后哗啦哗啦的，一大群鸽子飞过。春云正想着，就听见翠英大声说：“春林哥，我和秦春云来看你家的鸽子！”春云抬头看，董春林正站在二楼的楼顶望着她们。

“上来吧！我正要喂呢！哎，秦春云，你什么时候来的？”董春林冲春云说。

春云没提防被他这么一问，一时竟不知道该回答什么，脸一下子就红了。

“春林哥，你下来看着你家的狗，别咬我们！”好在翠英又说了起来。

“拴着呢！”

跟着翠英，她从楼后面绕过去，沿着一段很长的院墙，才走到大门口。董春林家的大门是红漆的大铁门，颜色鲜亮。门口右手边有一株粗大的柿子树。树下拴着一条黑色的大狗，看到有人来，它汪汪地叫了起来，吓了春云一跳。

“赛虎！”董春林在楼顶远远地喝住了这条狗。

他家的院子整洁、宽敞，水泥路从大门口一直通到堂屋门口。水泥路的一侧是一排厢房，也是红砖造的。另一侧种着菜，一小块胡萝卜，一小块上海青，还有一片蒜苗，蒜苗里间或冒出来一些香菜，每一样菜都整整齐齐。靠近水泥路边种着花，是一些菊花，红的、白的、粉的、紫的，开得正旺，还有一丛金盏菊。

院子里静悄悄的，除了楼上鸽子的咕咕声。春云跟着翠英上了楼，从侧面的厢房顶上搭的梯子爬向二楼的顶楼。上到最后的时候，董春林伸手把她俩拉了上去。

董春林的手伸过来的时候，春云抬头看他。他正冲着她笑，洁白整齐的牙齿在下午的阳光下闪闪发光，嘴唇上方有一层淡淡的胡须，两只眼睛里含着笑，眉毛浓浓的。她一时怔住了。这是她第一次近距离观察他。

他家鸽子真多，落满了偌大的楼顶，灰色的、白色的、黑白花的。董春林一边撒食一边跟她俩介绍："本来只有五六对鸽子，后来慢慢一窝一窝地孵，就有这么多了，大概有两三百只了吧。我也没细数过。"

"鸽子你都认识吗?"翠英问。

"认识！怎么不认识，看眼神就认出来了！再说，即使我不认识它们，它们也认识我呀!"董春林呵呵地笑。

他们站在楼上，鸽子咕咕地吃食，翠英和董春林说着闲话。春云手足无措地站在那里，一会儿看看鸽子，一会儿看看远处的树林和田野，更多的时候是偷眼看一下董春林。

董春林在楼顶喂鸽子的样子和她平时看到的似乎有些不一样，但哪里不一样，她又说不上来。远处的云朵飘过来，又飘过去，她的思绪也像云朵一般，飘来荡去，眼前仿佛出现了和他一起喂鸽子的画面。她为自己有这样的想法而感到羞赧。

楼旁边有一棵楝树，枝枝杈杈伸到了楼顶。春云走到枝叶下，伸手摘了一簇楝枣。她一边揪楝枣子往远处扔，一边偷眼看着正在和翠英闲聊的董春林。

她又一次看向他的时候，被他捉了个正着。他又冲她笑："秦春云，你怎么不说话?"

“啊？”春云的脸一阵热，不知道红了没有。

“你怕不怕野猪？”春云忽然来了这么一句。

“啊？”董春林愣了一下。

“我，我是说，这两个月不是闹野猪嘛，你们家就在路边，你害不害怕？”春云想起远处幽深的树林和遥远的鹅毛岭。

“那有什么好怕的！”董春林满不在乎地说，“都是谣言，说得有鼻子有眼，你问他们，谁也没见过！我才不信呢！”

“可是郑庄……”翠英接了话。

“郑庄？！真的假的也没见一个郑庄的人说，我们学校里又没有郑庄的同学。”董春林说，“再说了，即使真有野猪，也不怕。村里这么多人，狗也多。野猪要是来了，我们家赛虎早就在路口报警了。半夜里赛虎一叫，全村的狗都跟着叫，大家都集合起来，谁还怕它们呀！”

春云不禁为自己的胆小而感到略微的羞愧，也为自己村里人的胆小而感到略微的羞愧。

喂完鸽子，董春林带她们到门口去玩。

春云这才发现，相对于他家院子里的小菜园，门口的那一片才叫大呢。

门口园子的一边用木槿当了篱笆，此刻正开满了花。木槿枝条繁复，却被修剪得刚刚好：透过枝条的缝隙只隐约看到园子里一片翠绿和金黄。

“春夏才好看呢！现在只有菊花了，那边有月季，粉红的、大红的、白的、黄的都有。”董春林说。

是月季。和木槿篱笆相对着的篱笆上还有几朵残留的月季花，一阵风吹过，淡淡的香味送来。春云几乎可以想象到夏天月季处于全盛时期的景观。

园子的外头，柿子树旁边还有一棵梨树，树的高处挂着几个梨。

“中秋节的时候，梨子都摘下自己吃和送人了。上头这几个，爷爷不让摘，说留给鸟吃。”董春林一边说着，一边上到了树上，“鸟还有柿子吃嘛，等我摘下了给你们吃。”

春云没来得及阻止，董春林就已经站在了第二根树杈上，他踮起脚尖伸手够一个泛着淡白色光泽的梨子。春云仰着脸看他，阳光从树缝里洒落，他的影子落在她身上。

“秦春云，接着！”他冲她喊。

她只好伸出双手来接。梨子不偏不倚砸中了她的胸口，有些微微的疼。她的脸又热了一下。

她递给翠英，翠英摆摆手。春云把梨子拿在手中，恍惚觉得这梨子上还有董春林手掌的温度，她想起上楼顶时他拉她，他的手温柔有力。

“嘿！又在想什么？”董春林用手在她眼前晃了晃，“我看你怎么老爱发呆呢！”

她又是一惊，没有注意到他已从树上下来了。

她顿了顿：“我在想，这梨树开花的时候该有多好看啊！”这样说的时候，她仿佛真的看到了这梨树开花的样子。这样想的时候，她的眼前突然出现了祝玉变站在梨树下的画面。

春云的脸上忽地变了颜色，幸好他们都没有注意。

“春天好看着呢！这棵梨树，还有园子那头的樱桃树，开起花来好看着呢！都是我爷爷种的。明年春天你来看！”董春林说。

来看？我们村里未必就没有梨树和樱桃树。她心里气恼起来，为自己在这时候不合时宜地想到祝玉变而气恼。但她嘴里仍说：“好啊，好啊。做篱笆的木槿也好看。”

“随便折！你走的时候给你折一些回去插。一插就活！我爷爷说的。”董春林说。

“哪里那么好活？我去年插的一枝也没活！”翠英接了话。

“咦？这篱笆全是我爷爷插活的呀！”董春林摸摸脑袋。他这样子的时候也好看。春云想。

“明年让爷爷给我育一些！”翠英嚷嚷。

“你自己跟他讲，他开心得很。”董春林说，“我爷爷最喜欢侍弄这些花花草草了！你什么时候回家去？”

那后一句是对春云说的。

天色开始暗了下来。时间已经不早了，太阳在远处的树林上方，发出温和的余晖。

“要回了。马上就回了。再不回天晚了。”春云说。

“你怎么回去？”董春林问。

“走路。”春云说。

“那可不近！到你们村有十一二里路呢，你还没走到家天就黑了！”董春林想了一想，“别着急，等我妈从地里回来，我跟她说一声，去送你好了！顺便给我外婆家送南瓜。”

“啊，那太好了！春林哥，你真是个大好人！”翠英直拍手，一边冲春云眨眨眼。

“这多麻烦，等你回来得多晚了。”春云不好意思起来。

“没事儿！我妈催我好几次了，我一直都没去。你先准备准备，咱们这就走。”

翠英将秦春云送出来，董春林已经推着车子站在路边等她了。他的后车座旁边坠着一个蛇皮袋，里面大约是几个南瓜，车座上夹了一大束木槿。

春云将木槿抱在怀里，坐在后座上，朝翠英挥挥手。翠英朝她挤挤眼，做出“把握机会”的口型。春云做出发怒的表情。翠英吐了吐舌头，又故意大声说：“春林哥，秦春云交给你啦！”

夕阳将影子拉得好长。一开始他们谁都没有说话，只有风在微微地吹。秋天了，暮色降临，凉意四处铺展。路边半枯的草丛上已有了薄薄的露水，春云怀里抱着的木槿花也潮湿起来。

“哎，秦宏哥哥是你舅舅吗？”春云在背后问。

“嗯。”然后就没有话说了。只有他们两个人的时候，董春林仿佛变成了另一个人，并不像在他家那样热情和多话。

春云看着他的后脑勺，大约是刚理的头发，脖子那里的发楂泛着青白色。

过了好一会儿，春云又说：“那么论辈分，你要叫我小姨呢！”

“谁和你比这个呀！你和翠英是同学，还得管我叫哥呢！”董春林笑了起来。

路面不平，车子忽然抖了一下。春云一把抓紧他的后襟，明显感到他忽然一紧张。车子差点歪倒。

春云跳下车：“这一段路不好，我下来走。”

接着又是沉默。

他们默默地走，董春林推着车子稍前，春云略后。她不知道有什么话可以讲。她本来以为她有很多话要讲。

翠英有没有跟他透露过自己的心思？什么时候不能去送南瓜，他为什么要走这么远的路送自己回家？明年他们就毕业了，他和祝玉变会结婚吗？春云胡乱猜测，想问问他，又觉得问起来会很扫兴。

他们走过一段坑洼不平的土路，拐进了沿着青河的一条小路。“我经常走这条路去外婆家。”董春林说。春云这才知道，路过布口村的这条河竟然也在曲折中通向董春林他们的村子。这永远也流不尽的河水向他所在的地方流淌，鱼儿们游动的方向也是朝着他的，水草招摇的方向，落花、树叶漂荡的方向……都是向着他的。春云的心忽地生出莫名的惆怅。

此刻，流水声缓慢轻柔，河边间隔不远就有一株高大的柳树，或者洋槐树和白杨树。初秋的风还带着夏日的余温，余温中又有些微的清冷。树枝在微风中摇晃，偶尔风大一点，树叶哗啦啦哗啦啦，像是下一场大雨。

这是一个没有月亮的夜晚。春云不能说：你看，月亮多美！有月亮的时候，河水中波纹轻荡，月亮也跟着荡漾起来。可此刻没有月亮，夜空中的星星落在水中，散发着淡淡的冷蓝色的光。

天色越来越暗，下午提到的关于野猪的话题，春云忽然又想起来了。野猪们生活的鹅毛岭会是什么样？如果此刻来一阵旋风——就像《绿野仙踪》里那样的风，把他们吹到鹅毛岭，或者别的什么完全陌生的荒芜的地方，彼时，他们俩大约应该是对方唯一可以信任、相亲、互助的存在吧。

漫天大雪的时候，他们站在鹅毛岭的最高处，看雪花飘落……她还没有见过很大的雪，能够将整个世界覆盖的大雪，怎样一片一片地落下来。

有那么一瞬间，春云满心盼望那样的旋风到来。又有那么一瞬，春云希望这条路永远不要走完，就这样沉默着一直走下去也很好。

天已经很黑了，他们不说话，四周围静悄悄的，只有路边枯草丛中秋虫偶尔的鸣叫，他们的脚步声，自行车车轮碾过碎石子的声音。

走到桥头，董春林突然站住，春云差一点撞到他身上。

“那个……秦春云，那个……”董春林突然结结巴巴的。春云的心扑通扑通又跳得厉害起来。

怎么样呢？

春云静静地等着他说话。

“那个……祝，祝玉变跟你说什么，你别放在心上。我也不知道她听了什么人的胡说八道。她，她并没有恶意的。你千万别放在心上。她，她就是那么个人。”

春云的心仿佛被一块石头压住了。哦！

春云听见桥下流水中有鱼跃出水面的声音。她忘记了自己跟董春林说了什么。

她好像也忘记了跟他说谢谢。回到家，怀里的木槿因为落了露水，潮潮的，胳膊因为木槿的突然被放下显得空荡荡的。她扑到床上，抚弄着一路上风吹过的头发，不知道什么时候沉沉睡去了。

多 少 恨

小荷已经相了九个对象了，城里的也有，乡下的也有，但她还是没有把自己嫁出去。

然而小荷只有二十三，还是虚岁，正是花一样的年纪。

从十九岁到二十三岁，小荷相了这么多对象，但都是乏善可陈，有些个，还不能在她面前提，一提她就恼火：什么歪瓜裂枣都往我这儿介绍，我没毛病，又不是二婚，年纪也没老到那种程度，干什么都往我这儿推！说起来也不怪她恼。

先说城里的。

小荷爸妈租房子地方的那些娘儿们，觉着你一个农村姑娘，给你介绍个江州户口的，有吃有住，马上拆迁还能领到一套房子，一结婚，户口都能解决了。男方年纪大一点有什么？不大点人家也不找你。

但是小荷不这么想，我农村的怎么了，我未必就要嫁到江州。再说了，年纪大一点也没什么，还二婚。二婚的也就算了，为啥那几个不是矮子就是胖墩！还有一个纯粹就是黑炭！我不歧视外表，但也总得让我看着顺眼吧！再说了，我又不是收容中心，什么烂白菜老萝卜都往我这儿撂！

其实，打心眼儿里，小荷也没想过一定要找个江州人，自己虽是农村人，可她并不觉得农村人就怎么了。相反，她并不喜欢一些江州人的态度。

小荷家住的这一块地方的人，十有八九都认识小荷的爸爸。现在是小荷爸带着妻子儿女出来挣钱，以前，是小荷爸一个人，过几年，带了妻子，女儿不上学，又带了女儿。他们识得小荷爸，小荷爸也就混个脸熟，在这块儿住着不想搬房子。一个地方待久了，就有点家的感觉。以前，小荷爸一个人在这儿住的时候，每天下班，跟人家打招呼说是回房子或者回住的地方，自从家人都来了以后，下班了，就笑呵呵地说回家了。但是小荷真不喜欢这儿的人。吃饭的时候，你坐着吃，他们站着看，非要弄清你几天吃一回肉，多久吃一回酒。吃的青菜萝卜，他们说，你打工挣钱多来，不舍得吃，攒钱要干啥子；吃的大鱼大肉，满满地排一桌子，他们还说，你打工挣钱多来……他们自己的饭桌上，饭前端出来的鱼和肉，饭后也没见少，晚上吃饭，还要端出来看看；切两块咸肉摆那么小小的一碟，一碗饭吃完了，咸肉还在。

小荷妈说，在这边都是这样，都是普通人家，有点小工作，有一套老房子。他们会过日子，不像咱们，有多大锅，就做多少饭。小荷撇撇嘴：抠门儿！还有一点小荷也觉得奇怪，这些人好像并不都是独苗，但从来没见过他们亲戚朋友来找。就拿房东家来说吧，房东的老娘三个月轮到他们家住一回，说是在三个孩子家轮着住，但是，一年到头就没看见房东有什么哥哥姐姐弟弟妹妹来过，到了时间，房东就租一个黑车把老娘从兄弟那儿接来；日子住完了，不声不响地老太太又不见了。他们不爱跟亲戚来往，或者从来不留亲戚在家里吃饭，至少小荷从未见过。这些，让小荷无法理解。小荷在老家的时候就喜欢走亲戚，也希望亲戚到自己家里来，表兄弟姐妹一大帮，随便吃两口饭就一抹嘴四野里乱疯，不到太阳落山绝不回家。大人要回家，孩子找不见，他们只好在亲戚家再待一天，于是第二天又有人伴着一起玩了。后来渐渐大了，都出门在外，只有过年才有机会聚了，也不像从前那样玩了。

小荷爸妈带着小荷在外面打工的时间长，在一个地方住久了，周边的邻居看着这么一个小女孩长成大姑娘，也想说道说道，一方面是给乡下人办件好事，另一方面也实在是闲着无事。

然而一个个介绍下来，江州的，条件都马马虎虎。虽说都是过口了的人家，但不是赶着拆迁着急领证结婚，就是年纪大或者长相不太好，即使是那些个急着领证凑拆迁人口的男方也不是诚心诚意。当然，这都是小荷眼里的他们。

其实，这一打子江州人里，也有条件好的，但那时，小荷还小，含含糊糊中，就丢了那么一个机会。

那是小荷他们房东的儿子。但那时候小荷只有十九岁，虽然十九也不算太小的年纪，但是于小荷来说，她还未意识到自己可以谈对象了。

房东一家三口。房东在机械厂做维修工，每天早出晚归，偶尔倒夜班，通常上午睡一觉，就起来洗衣服。房子前面有眼水井，上面有红漆刷的模糊的“非饮，97”字样。水井前面是一小片菜地，丝瓜棚下面长着绿油油的一小丛香葱，几垄空心菜。房东喜欢拖一把竹椅子，坐在井边洗衣服，一边洗，一边和人扯闲话。洗好衣服，洗拖把，把房子里里外外拖一遍，门口扫得干干净净。太阳不烈了，又打水浇菜，这时的空气中就弥漫着一种甜丝丝、鲜明的混着泥土味的青草气息。一切都收拾打扫妥当，就去菜市场买菜做饭。六点钟的时候，太阳已经快要落山，风吹着凉凉的，他把小方桌搬到外面，菜摆上，饭盛好，然后，就能听见房东太太的摩托车声音了。

房东太太在一家服装厂做组长。这是一个白白净净的女人，四十刚出头，烫着卷发，染了深红泛黄的颜色，眉毛是文的，细细长长的两条眉毛在她皱眉的时候就像两条棕色的蚯蚓，鼻子不高，嘴唇文了唇线，经常涂着暗红色的口红，说话的时候两片红嘴唇没有光泽地动。

房东太太说话的时候喜欢有意无意地摸一摸脖子上戴着的金链子。那金链子粗粗的，圈在她有点臃肿的脖子上，总让人感觉怪怪的。耳朵上一副金耳环好像年代久远，暗暗的，一层厚厚的浮灰遮住了金子的光泽。由于戴的时间久了，金耳环把耳眼都坠成了洞。小荷每次看着房东太太耳朵上的两个呈水滴状的小洞在沉甸甸的耳环的重拉下有愈发扩大的趋势时，自己的耳朵就莫名地发疼。

小荷十六岁刚出来打工的时候，就跟着父母住在这个房东家。房东的儿子那时候刚刚上了技校，并不怎么能见着，只是暑假的时候偶尔看见他。小荷下班回来，已经六点多，他们一家三口在吃饭，他坐在一张竹椅上，猫一样扒拉半碗饭。吃好了，碗筷一放，噔噔跑上楼去了。也有时候，小荷回来他们已经吃过饭，他和他的房东爸妈，都坐在竹椅上，和邻居闲聊，看见小荷，偶尔也打个招呼：你下班啦。小荷笑一笑，算是作了回答。

技校三年毕业，房东儿子也只是进了一个机修厂，做个技工。周末的时候休息，也拖把竹椅子在门口坐一会儿，冬天，就是中午晒太阳，夏天，就在傍晚吹吹风。看见小荷洗衣服，或者在门口，也聊几句。

小荷起初连他叫什么名字都不清楚，后来才知道他叫小山，很乡下的一个名字。小荷心里暗笑。小荷刚来江州的时候，一句话也听不懂，慢慢地，也能听懂一些简单的话。人家跟她讲话，她就不再只是满脸通红笑啊笑的，而是用普通话字正腔圆地回答他们。两年过去，小荷也会了几句江州话，他们再说话，就几乎没有什么听不懂的了。

周末的时候，房东太太喜欢弄个大盆，在门口洗被单。小荷妈闲了也洗。两个女人就说些话。房东太太说：“你几个女儿，享福来。”小荷妈一边搓被单，一边说：“享什么福，衣服不还是得自己洗，饭自己不做就没得吃。”房东太太就说：“不喜欢送一个给我当女儿嘛。”

“你喜欢都送给你。”小荷妈直起身，甩甩手上的泡沫。

这样话赶话说了好几回。直到有一回，邻居大厨的媳妇跟小荷爸一块搓麻将，开玩笑似的说：“你们小荷要享大福来，房东太太看上小荷了，想给儿子娶回家来。”

他们无论说什么话都喜欢带一个“来”，调子拉得长长的，不咸不淡的语气里夹杂着骄傲不屑或者嘲讽，间或还有点嫉妒的意思，或许这是他们的习惯。小荷妈也渐渐地学着这样跟他们说话。但是小荷总是觉得他们那种拉长了的“来”的言语里没有几句好话。而且，他们自己之间说得不很正宗的江州话里，并没有这个“来”字。这更加验证了他们的区别对待，小荷想。

麻将散场回家，小荷爸把大厨媳妇的话转给了小荷妈，小荷妈又给小荷提了提，开玩笑似的，并没有当作一回事。一来没有人正式说起这件事，二来小荷还小，也不着急，第三呢，小荷自己也没有想过要找一个江州人。她总觉得结婚是一件远而又远的事，而且，潜意识里，对门当户对也有着很深刻的认识。姐姐的一个同学在南京打工，嫁了个南京人，不知道过得好不好。但是村里一些人总是说，女孩子在外面待久了，就上了当了，不想回乡下，不管什么样的人都贴上，只要嫁个城里人！那男方不知道骗了女孩多少，年纪不知道瞒了多少岁。直到看见了男方本人，才发现一点也不老一点也不丑。那些人又说，不知道有什么毛病瞒着呢，看着吧，将来有得罪受。说得女孩子的妈整天眼睛红红的。小荷妈说，村里人嘴碎，人家过人家的，那么多事，就是嫉妒，要是他们自己的女儿嫁到城里，他们肯定天天说城里这个好城里那个好。但是小荷妈对小荷将来是嫁江州人还是嫁本乡人并没有太多的要求：遇见合适的江州的，自然很好，将来不要侍弄那些土地。现在的孩子细皮嫩肉地养着，出来打工了，在深厂大房里，累是累点，但是谁要弯腰弓背在田里干活，大热天的抢收又抢种呢？当然，遇不着合适的，嫁到农村，自然还要想别的办法，会种地的小孩子还有几个？老人们也不能给看一辈子啊。总是走一步算一步的。

小荷的婚事并没有被提上日程。小荷依旧上班下班，周末闲了，打牌缺一个人，也喊房东儿子过来，一块玩一会儿。总的来说，那孩子人还是不错的，玩笑也能开，有时候也害羞，也调皮，和小荷他们能玩到一块去。

小荷总是笑话他太听话了，房东太太一喊，他立马跑去。周末他妈不准许他出去玩，他就只能待在家里，偶尔和小荷他们打牌。这么听话的孩子啊，小荷心里想笑。

但是小荷并没有往婚姻上面想。

房东太太有一回碰见小荷说，给我当媳妇吧，我们马上拆迁了，有两套房子可以住。小荷吓了一大跳。

这样的话也说了好几回，当着小荷的面，有时也当着小荷和小荷妈的面。小荷妈说，我愿意也没法儿，孩子大了，由不得娘啊！仍旧是玩笑的语气。

当然小荷妈也心动，但是大厨媳妇偶尔的一句话，让小荷妈一下子觉得十分委屈。大厨媳妇有一次说，你看他们两口子（房东和太太），这里挑那里拣的，就想找个乡下的，这样离娘家远，八百年也不要来往。独门独院，人家的女儿都是给她白养的。小荷妈的心凉到了底：敢情以后还不许跟娘家来往？哪有这样的理，本来就不太热乎的这事也就更加不冷不热，没人再提了。

房东太太没有得到小荷妈的回应，觉得没戏，就叫大厨媳妇给另外介绍了一个。离大厨媳妇跟小荷爸打麻将那次，只隔了三个月，一个胖乎乎的姑娘就住到了房东家，听说也是安徽农村的。亲是定了的，大约证也领了。房东说搬了新房再办喜事。周末，小山再也没有和小荷他们一起打过牌。小山的乡下老婆也从来没有跟小荷一家打过招呼。小荷有一次见了小山，就说，周末不出来了，在家带媳妇啊？小山脸红红的，也没有说话。

又过了个把月，房东太太跟小荷爸说，他们要装修房子，叫小荷爸另找地方住。

小荷很诧异，马上拆迁了，装修什么房子？小荷爸说，房子装修了，就显得好了啊，拆迁时估价高，补偿的钱就多。于是他们另找地方搬家。一间房子，看着也不大，破破烂烂的家什却收拾了一三轮车。但也只是半天的工夫，小荷他们就搬到了别处。房东儿子在门口，看了看，跟小荷说，哎，再见哟。小荷笑笑，再见啊，在家好好带媳妇啊。小山又红了脸。

再过几个月，偶尔从老房东家门口过，就看见小山的媳妇挺着大肚子在门口懒懒地晒太阳。小荷想，当初要是我，我就快要做妈了?！多可怕！小荷妈想，唉，这当初要是张张嘴，说说话，忍一忍，将就一点，我这不都该抱孙子了。

再过些日子，那一片的房子被拆得七零八落的，房东一家住到了新房里，就再也没见着了。

于是，在为小荷的婚事奔波操心的光景里，小荷妈一想起这事，就后悔得要命。房东的孩子除了个头稍微矮一点，啥毛病也没有啊，就是在农村也未必就能找个多好的呀。小荷妈后悔当初没有给小荷定下，一面后悔，一面又自我安慰，那时，是舍不得小荷这么早就结婚。固然，房东太太着急有一定的道理，他们房子那一带要拆迁，多一口人，就多一些好处。儿子在拆迁之前娶了媳妇，户口本上就是两家人，房子得分两套！但是，话又说回来，房子多了，难道还不给儿子媳妇住？说句难听话，老两口归西了，房子不还是儿子的？儿子的，不就是媳妇的！

小荷妈越想越不是滋味，不但后悔，也带着一点点埋怨。不知道是怨谁，总之那话里是有一点闷气的意思。小荷妈说，不跟我们来往也没有什么，只要孩子好不就成了，再说了，到时候分家另住，孩子还能一点家也不当？难道他们说不许来往就不来往了？更何况，老家离江州这么远，谁还三天两头来一趟不成？但是后悔归后悔，埋怨归埋怨，这都是过去的事了。

小荷二十岁的时候，小荷的老板娘给小荷介绍了一个对象，是老板娘的外甥，二十六，瘦瘦高高的，看起来还是不错的。小荷和人家交往了几天，觉得这个人太不成熟，二十六了，一点不稳重，自大，并且盲目地自恋。说话太不注意对方的感受，经常就流露出我们江州人怎样，你们农村人如何的那种姿态。

约了几次会，都不欢而散。小荷嫌他小家子气。到家里来接她，买了点水果，都要在约会时说半天。看见小荷的弟弟妹妹，就说，哎，你们家小孩子真多啊，以后我们家亏大了。小荷又气又觉得可笑：天哪，我们家的孩子又不要你们家养着，你亏什么。更何况这才哪到哪，就开始说这种话，以后还怎么得了。小荷已经不想再见面了。但是，过了几天，老板娘却打电话给小荷，说，在哪里呢，男孩子已经等着了。不由分说就挂了电话。小荷还不能不去。

然而这一次约会更糟，到了见面地点，刚打了招呼，男孩子就把手搭在小荷肩上。小荷心里有一些不悦，但也没有说什么，轻巧地躲开了。走在街上，人一多他就动手动脚。第一次和男孩子正式交往的小荷，怎能想到第二次约会就要如此亲密，她不能接受，立刻掉头回家了。

还没回到家，小荷就已经哭出声了。刚到家里，小荷就叫妈妈给老板娘回了。小荷妈不明就里，一迭声地给老板娘道歉，一边叹气说小荷没享福的命。

这事就这么黄了。

事后，小荷想，自己的反应有点过激了。只是，那个男孩子对小荷家的那种态度，让小荷觉得好像受到了莫大的歧视。

紧接着，也有人介绍了几个江州的，但条件都差不多，要么太胖，又矮；要么年纪太大；要么，离了婚；要么有龅牙，皮肤黝黑，家境不好。刚开始小荷还兴冲冲地去相，一见了面，小荷又气又羞。回来就发脾气：什么人都介绍给我，我这辈子就得死在江州？我不要！

小荷越来越提不起精神，总觉得江州人是瞧不起自己的。有时候，小荷也想，是不是自己太敏感、自卑了，以致每个人都带着居高临下的傲慢来与自己交往。

冷静下来想一想，江州确实不错，即使是这样的乡下地方也比老家的市区发达。工厂到处都是，上班、退休都有保障，若以后能在这里安家，未尝不是件好事。那么多的大学生挤破头，都想来江州，都想挣个江州户口，买一套房子，把家落在这繁华的拥挤的大都市。小荷想：我一个打工的，仅仅初中毕业，若和江州人结了婚，就等于拥有了一大半。以后孩子上学考学，得比别人多享多少福、少受多少罪啊！但是转念一想，她又觉得悲凉：他们好像认准了我们贪图富贵，只要家里有点钱，有一套等着拆迁补助的老房子，不管什么样的货色都敢掂了来。在小荷看来，这其实已经带了一点侮辱的性质了。但是，别人的面子，小荷妈也不好驳。人家好心好意，有了他们觉得顶合适的，专门来说。不知情况，不明底里，小荷妈总不好一口回绝。总要看一看的，万一有合适的呢？总不能再像错过房东的儿子那样错过了吧。但是，再也没有过条件那样好的了。见着见着，小荷已经不耐烦了。一个不行，两个不行，再见一个还是不行。介绍人撇撇嘴，皱皱眉，哟，小姑娘心气儿还挺高，这么多人都难入你法眼啊！小荷气得直哭。以后凭谁再怎么说，小荷死也不愿意见。

小荷二十一岁的时候，小荷妈眼看着在江州确实找不到合适的人，又急着叫乡下的亲戚介绍。在农村，像小荷这么大的，早都定亲的定亲，结婚的结婚，有的孩子都一两岁了。小荷的好几个同学都已经结婚了，小翠的孩子都俩了。还有比她小的，也都一个萝卜一个坑地占好了。农村里的男孩子，找对象也早。再不抓紧，好的，用小荷妈的话来说，早都被人挑走了。现在小伙子们都在外打工，有本事的自己就谈了，没本事，或者安分一点的，家里也早早地定下了亲了。

家里的七大姑八大姨，从没有想过要给小荷介绍对象，都说，早晚小荷是要留在城里的，便也没替她着急。小荷妈有一回打电话给小荷姑姑，小荷姑姑说，不是早在江州找好了吗，还介绍什么！亲姑都这么说，没影儿的事也是有影儿的了。

小荷妈赔着笑说，小荷这孩子，我总觉得她还小，不舍得找这么远的不说，也不想叫她这么早出门了，她都是没离开过我的，却没想把事给耽误了，她姑给费点心啊！

于是“五一”“十一”就成了小荷来回奔波相亲的日子。

一开始小荷对在老家相亲也是不排斥的，年纪到了该做这样事情的时候，顺其自然地就可以做了。但是相了一回、两回，小荷发现完全不是那么回事。和一个年龄相仿的从未见过的男孩子见一面，甚至都没有好好地看上一眼，连对方具体长什么模样都不是很清楚，有一句没一句地说上三分钟话，年龄（为了顺利地相到合适的对象，男方会隐瞒年龄，自然也有女方隐瞒年龄的）、爱好、性格、脾气都不清楚，就要跟媒人回话说愿意或者不愿意。如果愿意了，什么时候结婚？多么可怕！五分钟之后就听人家父母回话说，以后地里的活儿小孩子不做，我们做，先结婚，生了孩子不愿意带，我们带着，反正还年轻着。当然年轻！他们那一代，二十岁结婚生孩子，生的孩子二十岁也结婚生孩子，满打满算也不过四十岁，不年轻怎么说！

小荷害怕。虽然她也知道，自己的小姐妹们也都是这样就结了婚，做了妈妈，但是，轮到她自己，还是心虚害怕。

小荷妈总说她电视剧看多了，城里待惯了，还想学姐姐自由恋爱。提到姐姐，小荷妈也有话说，自己谈吧，谈几个吹几个，好不容易有个踏实点的、对她好的，她还横挑鼻子竖挑眼。晃到最后，都快二十七了，还是一个人吃饱全家不饿。

你姐我是管不着，我也懒得管，我就想叫你寻个好人家，以后过好日子，我也就放心了。小荷妈总是这样说。

每当这时，小荷就一肚子不快。她知道妈妈是为她好，但是，她情愿像她姐。管谁谁呢，总是要谈一谈，了解了解，毕竟要做一辈子的夫妻。见面三分钟就定了终身，她不甘心不说，也害怕得很。

小荷妈开始回忆往昔："我和你爸结婚那会儿，要不是你姨姥姥和你爷爷家有来往，我哪能先偷偷地见上你爸一面？再说，就是见了这一面，也没什么用，当时谁知道你爸的臭脾气！"

小荷爸不情愿地说："说话好好说，说着说着就扯我。我脾气咋不好了？不好你还跟我过这么多年？"小荷妈就急。再说下去两人就得吵嘴。

小荷干脆跑出去。

吵归吵，对小荷的婚事，小荷爸也不是没有担心。小荷不是不懂。有一年回老家过年，下雪天，午饭后，小荷爸的一个朋友，小荷同学小雪的爸爸，到家里叙话。说着说着就说起了孩子的婚事。小雪家两个孩子，小雪是老大，跟着爸妈在外面做生意。老二是儿子，还在读书。

小雪爸跟小荷爸说："女儿唉，养多大都是人家的，但是你又不能不管。管多了是干涉，不管吧，是不闻不问。咋不想给她找个好人家？但又不能像儿子娶媳妇，你自己找去，好了坏了，都是自家媳妇，咱又不虐待。我们疼媳妇，媳妇疼不疼我们都无所谓。实在品行太坏，离婚也不算大事。毕竟儿子嘛，离了再找，也算不了啥。但是女儿咋办呢？自己找，上当受骗咋办？托人介绍，不好好了解怎么行？咱们对媳妇好，能保证人家也都是这么想的吗？左也担心右也担心，到别人家里，万一人家对她不好，做父母的心里头咋好受呢。再万一女婿是个暴脾气，性子坏，打骂她咋说呢？离婚？不能离！女子家，能像男子家的吗？女子是二婚，多难听！要求再降低，哪里还能再找到好人家！"说着说着，小雪爸的眼泪就下来了。小荷爸的眼睛也红红的。小荷和妈妈在包饺子，什么话也没有说。

并不是不懂，小荷心里都有，都知道。小雪爸的话其实也是小荷爸的想法，只是小荷爸从来不说。

小雪下狠心，今年一定找个对象。不管怎样，都要先把婚订了。

但是，下决心是容易的，真正实施起来是多么困难。这又不是上街买菜，萝卜白菜的，青的白的，一眼看去，自己爱吃，价钱都不必问，买了就完了，即使上当受骗，也不过是几块钱的事。但是结婚怎么能一样？

就连小荷自己也说不上为什么，总觉得结婚是一件非常可怕的事。她不知道怎么说，但是又认为女人以后总是要结婚的，不结婚是绝对不可能的。而一到相亲的时候，说到以后结婚生子、成家单独过，她总觉得没有做好心理准备。

不管有没有准备，害不害怕，这个亲，还是要相的。

小荷又经历了几回。

到后来，小荷已经没有感觉，相亲完全是出于对长辈们好意的不忍推辞。然而，小荷这样的态度却让介绍人大为恼火：费尽了心思给你介绍，你看了两眼，谈了两天，这不满意那不满意，又吹。当初答应跟人交往干吗？浪费时间浪费感情。

小荷有苦说不出。

说不交往的时候，他们也有理：交往着看嘛，这孩子人不错，家庭条件也好，年龄是大了点，不过也就比你大五岁，男方大一点没关系。

是的，是的。小荷也觉得大一点没什么关系，只是，第一眼看过去，第一句话说出来，一点感觉都没有。小荷不想交往，是不想浪费人家的时间。人家都二十六了，交往一段时间才发现不合适，人家面儿上不说，背地里也得说。何必找那个闲话。

交往了也麻烦。说是谈对象，长辈们也都说，叫孩子自己聊，咱们不干涉。但是，男孩子总要有男孩子的样子吧。三五天没消息，今天换一个号，明天停一下机，都在外头打工，谁能找到你?！说不联系吧，过一段时间又来个电话，来了电话也没有什么好说的。小荷不说话，男的就不说话，总不能老叫小荷说吧，弄得跟小荷非要黏着对方似的！聊不到两分钟，就挂了电话。这都是哪跟哪啊！这样的话又不能告诉长辈。只好说不合适，算了吧。难道都是这样就结婚了？小荷真是直冒冷汗。

相亲已经成了小荷最痛苦的事。她已经不能做任何表示了。小荷妈说，我看着这个孩子挺好的，模样周正，家里父母也都年轻，以后能帮你们带孩子，地里的活儿也能帮着做。以后你们俩在县上做点小生意，也不用下地干活晒太阳。小荷说，我跟他没话说。小荷妈就急，刚开始哪能有那么多话说，还不都是慢慢来的？小荷说，我没有想跟他说话的愿望，他也不想说。你和谁有话说？小荷脸色就变了，小荷妈也停了嘴，两个人都不知道说什么，各自讪讪地找事做。

有一次，小荷听见妈妈给姐姐打电话，叫姐姐劝劝小荷不要那么心高。小荷妈在电话这头说，小荷的名声已经出去了，介绍一个不行，两个不行，五个六个也不行，江州江州的看不中，乡下乡下的看不中，这都没人给她介绍了，你说她想要什么样的啊！你看看，艾云，翠翠，人家谁不是相一个就好了，不挑也不拣，欢欢喜喜地就结了婚。你姑夫的外甥女从相亲到结婚中间就隔了十天，人家现在不也过得好得很？就她害怕这害怕那。人不都是这么过来的吗，早晚都要成家生孩子。再说了，这个不行，那个不好，人家会怎么说：自己条件又不好，还想找个什么样的！

小荷委屈得不知道怎样才好：我挑吗？我什么也没挑啊。可是名声都出去了。唉，出名可真是快。

小荷难过，小荷妈也难过。小荷妈觉得小荷苦，说小荷就是受罪的命，心比天高，命比纸薄。小荷不知道怎么跟妈妈说。有人说，一生中最重要的三件事是出生、结婚和死亡。我们无法选择出生，无法逃避死亡，但是，婚姻呢，我们总有权利选择吧？小荷知道父母是为自己好，她自己也不知道，现在这样一个又一个地拒绝是不是对的，她只是不快乐。父母长辈经验多，但是他们就一定正确吗？小荷问自己。但是没有答案。他们说的总是有道理的。这个年纪不谈对象，不结婚，或者“挑”几个，就仿佛犯了罪，人们的眼光里也有了敬而远之却又不断指手画脚的意思。

小荷的信心一天比一天低落，有时真的想狠下心来，随便拽一个结婚算了。但是那一脚真正往前迈的时候，她又止不住恐惧。

吃饭的时候，她几乎不多停留，最怕听见妈妈说谁家的女儿订婚了，谁家的媳妇又生孩子了。有时候也避而不谈，但是，仿佛有未知危险的事要发生似的，家里的空气凝重，没有人大声说笑，小荷更觉压抑。只有在上班的时候，小荷才算是稍稍地缓了口气。看着同龄人结婚生子，成家立业，她有时觉得奇怪：她们真的一点也不害怕吗？要么，是我太胆小了？

小荷的婚事，当妈的是操碎了心。小荷妈现时打的那一份工也有一阵没一阵地做，十天半个月的，只要听见家里有什么消息，就着急得什么似的，总是要打电话给那几个亲戚。打电话还背着小荷，怕她听见心里憋闷。

然而，老家农忙时节过去了一个又一个，收了麦子，又种棉花，收了棉花又播油菜。一年过去了，小荷在江州，仍是一个人。

小荷妈整天唉声叹气，有时，小荷看见她竟一个人偷偷地抹眼泪。小荷心疼得不知道怎么办才好。终于，油菜花开到尽头的时候，面对第十个相亲对象，小荷想，就是他吧。

人的一生总要完结的，不是这样就是那样。想到这儿，她深深地吐了一口气。

你是个陌生人

那件事发生时，徐州在加班。单位的工作像小山一样，压得人喘不过气来。按理说，这些并不是他的活儿，但领导安排下来了，他不好推辞。更何况这都是部门的工作，人手少，他又年轻，不多做一点又怎么办呢。

每次妈妈打电话来，他都在加班。怎么老是在加班呢？妈妈很不解。他懒得解释，只好说，加班和在家都是一样的，总是要对着电脑，也不干什么体力活儿。其实这怎么不算体力活儿？腰酸背痛、眼睛发胀、头脑发昏，腰上、肚子上的赘肉渐渐地占领了青春年少的肌体，才三十岁爬几层楼梯都喘得不行，免疫力越来越低下，却又懒于运动，下班回来，只想填饱肚子倒头就睡。坐办公室，说得好听，忙季一来，简直是随时待命，什么时候有活儿就得什么时候到办公室去干，什么时候干完什么时候回家。

幸好妻子林萍是理解的，她也经常加班，能体味其中的辛酸和不易，倒也不会说什么。而且，他们目前也没有孩子，并没有什么了不起的责任要担负，也没有什么必须的精力要付出。

这个星期一直下雨，清明节快到了，雨绵绵不断地落，整个城市又潮湿又伤感。本来是不需要加班的，但临时来了文件，说上面的领导要来检查工作，随机抽中了徐州所在的单位，于是所有人都加起了班。

春天无处不在，这个城市多雨。但从周三开始，雨有渐渐加大的趋势，间或停一会儿，又开始下，并且比之前的大一点。到了周五，整个世界都好像浸泡在雨中了。之前被雨水洗过的鲜绿的树叶，如今是一片昏暗。已经两个星期没有出太阳了。徐州本来打算周末和林萍一块到乡下去，油菜花正是花开好时节。可是这雨，唉。

窗外马路上行人稀少，天早就黑了。徐州快下班的时候告诉林萍今晚要加班，电话打去才知道，林萍也在加班。“我应该比你回去得早，我把手头上的这点活儿忙完，就可以好好过个周末了。”林萍匆匆忙忙地说，“周末下雨，我要在家好好睡个懒觉。”

徐州不禁笑了：“好好睡个懒觉？算了吧，典型的周末睡不着上班睡不醒，还想睡懒觉？”

“哎哟，你怎么这么乌鸦嘴！现在下雨了啊，下雨天，睡觉天。肯定可以的！好啦，好啦，我不跟你说了，半个小时我差不多就搞好了。到家给你打电话！”林萍挂了电话。

等徐州忙完，已经过十一点了。一晚上很安静，他才意识到自己没有接到林萍的电话：也许是忘了吧。他拨过去，一个不带任何感情的女声传过来：“您好，您拨打的电话暂时无法接通，请稍后再拨。”

信号又不好，总是这样。徐州收拾东西回家去。家离得不远，平时他走路上下班，不过这几天加班，又下雨，他搭同事的便车。

街上的水很多，在夜晚的灯光下，一路看过去，像一条波光粼粼的河。

“大街上都可以游泳了！”同事打趣说。

到了家，黑漆漆的。以往，林萍回来得早，都会在客厅留一盏小灯给他。他们买的房子还在建，明年才能交房，如今只好挤在狭小的出租房内。一室一厅，在离两人单位都不远的小区里，已经很难租到价钱合适的好房子了。

尽管小了点，两个人把房子收拾得还算整齐。他爱看书，文史哲都涉猎，家里新的旧的大的小的书堆得到处都是。小客厅里放着他们从旧货市场买回的货架，货架一面靠着墙，上面摆满了书。在靠窗户的地方搁了一张旧书桌，人在家的时候，旧书桌上的那盏台灯几乎不分昼夜地亮着——房子里太暗了。简陋的书架上、阳台上，到处都是林萍种的花花草草，肉质铁树、天竺葵、绿萝、铜钱草……杂七杂八的。一开始徐州嫌乱，觉得碍事，每次找书都要一盆一盆地挪来挪去，很不方便。后来绿意渐浓，有花的也毫不吝啬地开放，徐州倒觉得对它们有些亏欠似的，看书累了，也给它们浇浇水。

一个小屋子，渐渐地有了家的样子。

林萍不在家。打手机不在服务区。按理说，她应该早就到了。

他打电话到办公室，也没人接。深更半夜，他有些担心，给林萍同办公室的小刘打电话。小刘用迷迷糊糊的声音告诉他：林萍不到七点就出门回家了！

他心里一激灵：这下糟糕了！一切不好的想象都到了眼前。她出了什么事？被打劫？被车撞？他突然想起前段时间下大雨有人掉进了下水道。啊，多么可怕！他再也不敢想，但是他不得不想。坐在桌前，他竟笃定地认为她掉进了下水道。她一个人在漆黑的管道里，水也许淹没了她，也许还没有，总之是“正在”，她一定很害怕……窗外大雨的声音让他越来越害怕。一面胡思乱想，一面又安慰自己。不，不会的。喝绿茶都不会中“再来一瓶”小奖的人，怎么会这么巧就掉进了下水道？世界上的事不会那么偶然的。况且，这下水道刚刚吞噬过一个年轻的生命，不会再有第二次了。

但是林萍，他的妻子，不见了。这是真事。

他报了警。警察让他在家等消息，又叫他再打电话问问朋友，也许是因为雨太大，到什么地方躲雨去了。他木然地拨电话，礼貌地问人家有没有见过林萍。

夜里两点多了，他听见手机里传来一个个睡意蒙眬的声音。有时，旁边传来另一个声音：这么晚了，谁呀？真烦！

他放下了手机。四周安静，窗外的雨淅淅沥沥，不知道什么时候雨竟然变小了。此刻的声音才像是春雨的声音，温柔而缠绵，似连绵不绝的爱意。窗台上一盆栀子花缀满了花苞，一个多星期前，这些花苞就长出来了，却一朵还没开，它们可真沉得住气。林萍说，你得给它们时间呀，这阴雨绵绵的，它们心情不好，不愿意开。雨一打，空气里潮湿，它们的花瓣发黄得快，就不美了！

此刻他站在窗前。灯光下，一丛翠绿中闪着一点白，他凑过去，竟是一朵栀子花挣破了花苞，露出了花瓣的颜色，尽管很小，在这片翠绿中却十分明显。也许明天就会开了，也许明天林萍也回来了。

他坐在桌子前，翻着手机，想着还能给谁打电话询问林萍的下落。翻来翻去，并没有发现可以联系的人。

尽管在这座城市已经生活了五年，他们的社交关系却仍十分简单，她的新单位里的几个同事，三两个大学同学，偶尔会在某个书吧聚集的他的书友，除此之外，就没有交往的人了。对于这座城市而言，他们是陌生的，尽管已经准备安家落户，但他们仍是异乡人。

也许是因为没有孩子，林萍说，等有了孩子就好了，孩子会让咱们在这里扎下去，孩子会把这里当成故乡。

一说到这里，徐州就很失落。孩子把自己的出生地当成故乡，可他们的故乡在哪里呢？那个叫布口的地方，就只有在一些需要填写籍贯的表格上才会出现了吗？小时候他填表，觉得籍贯一栏很是多余，对于一个高中之前从来没有离开过乌有市的人来说，对于祖祖辈辈都生活在布口的乡村孩子来说，籍贯只是一个多余的词。如今他终于感受到它存在的意义。

他在房间里踱来踱去，只几分钟，就觉得疲累，又走到桌边坐下。她去哪儿了？也许不是什么大事，手机没电了，被偷了，也许掉在水里冲走了。但是她为什么不回家？他不是善于想象的人，但总是往不好的地方想，眼前似乎真的出现了这样的画面：她在雨中走着，“哗啦”一声，像那个新闻中报道的女孩一样掉进了下水道，或者连“哗啦”一声都没有，她连发出惊叫的时间都没有，就消失在水中了；她在雨中撑着伞，准备给他打电话，后面的车飞驰而过，将她撞飞了；她往前走，几个坏人拦住了她，抢走了她的东西……越想越觉得可怕，仿佛这样的事情在交替发生、反复发生。

渐渐地，他眼前模糊了，泪水涌了出来。多么悲惨，这样的事情发生在她身上。多么悲惨。

过了好一会儿，他才从这种想象中抽离出来。

坐在台灯的光影里，他看见桌子上反扣着一本书。他翻过来看，是《我的米海尔》，以色列小说，不是他喜欢的类型。他向来不喜欢林萍的书，因为她看书的时候会傻乎乎地落泪。因为看书而落泪，多么愚蠢。

他放下书，然而无事可做。害怕胡思乱想，他于是重新拿起书来，就从打开的那一页开始看。

整整一个冬天，耶路撒冷的寒风都在吹动着松柏，而风离去时却没有留下任何痕迹。你是个陌生人，米海尔。你夜里躺在我的身旁，可你却如此陌生。

他看见她在下面微微画了一道细线。

耶路撒冷的寒风。

他嘴里念出这几个字。仿佛有风吹过，屋里一阵凉意。他突然喜欢上了这个词——“耶路撒冷”。世间怎么会有如此诗意的地名？这几个字组合在一起有一种幽微难言的美。

他停下来，拿起手机，想看看有没有新的消息。

但是什么也没有。

这样的雨夜里，除了等待，他有了其他的事做。他翻架上的书，翻她看过的，她留下笔迹和记号的。如果一本书有被翻过却没有留下任何印迹——连一道细线都没有，他就很失望地放下来。他似乎忘了从前自己从来不翻她看的书。他不喜欢读小说。小说太假了，太晦涩了。他不知自己对小说的这些印象是从哪里来的。但是在这个长长的似乎没有尽头的雨夜里，她不见了的雨夜里，他百无聊赖地看起了小说。

不得不承认，他从前的想法是错的，至少一大部分是错的。

“不要相信写小说的人，要相信故事。”他的脑海里冒出这样一句话。

可是，那些故事有什么意思？你想也想不到的事情每天都在身边活灵活现地上演，比小说丰富，比小说精彩，也比小说更荒唐。破不了的凶杀案、扯不清的偷情人、无法直视的车祸、不能理解的阴暗……你方唱罢我登场，这个世界上，什么人都有，什么事情都有可能发生。

清晨起来，一个个“大道”“小道”消息、娱乐八卦，几乎就是一篇篇精彩纷呈、跌宕起伏又百转千回的小说。

真的小说已经比不上了。

但是，他们为什么还要固执地写？林萍们为什么还要固执地看？

徐州想不通。

然而这世上想不通的又何止这一件事。他有些黯然。

徐州总觉得雨停了，林萍就会回来了，但是没有，这雨一直没有停。他坐在家里，雨像浓雾一样将他和房子包裹，他位于包裹的正中心。

他开始收拾房子。这阴雨天，花草们发出幽暗的绿，似乎有些忧伤。他努力回想她浇花的样子，却始终想不起来。

他开始回想她的样子。但是太可怕了！他竟然也想不起来。他不知道怎样描述她。他伸出双手在空气中比画，但是很失望，他没有比画出她的模样，甚至连轮廓都没有。他的两只手无奈地打着手势，似乎在和对面的什么人说话，他正要告诉人家她的样子，却突然完全遗忘了她的模样。

他坐在房里，不敢想象要去翻电脑里的照片才能想起来她的样子。但是，真的，他的脑海里一片空白，他实在想不起来她长什么样子。他的眼前晃动着一团烟雾一样的影子，她长长的头发散落在肩上。

他打开电脑，点开照片。可照片上的人是那么陌生。陌生的人，全都是陌生的人。

这一定是梦，是梦境。他努力使自己睁开眼睛。眼睛是睁开的，天花板上斑驳的那一块仍在头顶，栀子花满盆花骨朵儿，绽开的一朵仍在散发香气。

一定有什么地方不对。徐州看着电脑屏幕上那张笑脸，感觉十分陌生。只有那一肩长发似曾相识。他想象自己的手穿过那长长的头发，他想起一首歌，那歌词说：穿过你的黑发的我的手。

如此矫情却又如此真实。

但是，她怎么成了陌生人?！徐州觉得可怕。今天，他嘴边最多的一个词就是“可怕”。但是他一次也没让它蹦出来，仿佛他只要说出来了，就会真的发生很可怕的事情，所有他想象中可怕的事情都会变成无法更改的现实。

他开始寻找所有熟悉的线索。

房间是真实的，窗台是的，花草是的，台灯下的影子是的，桌上的书、衣柜里的衣服，到处都是真的。所有的一切都在。

唯独她不在。

雨一直不停，但徐州仿佛心无挂碍了。他笃定地认为，只要雨停了，一切都会回归正常。这雨下得如此不寻常，一定是个梦。

梦有什么好怕的呢。

他坐在书桌前，有一搭没一搭地翻着手边的书和笔记本。那些大大小小、装帧各异的笔记本被她随便地放在书桌上，或者抽屉里。他都拿出来胡乱地翻。有些很明显是她摘抄小说里的话，有的标注了书名和页码，有的没有；有些是她自己随手写下的句子。她的字体不固定，有的工工整整，有的凌乱潦草，有的小巧玲珑，有的大大方方，像男人的字。而用的笔，也是五颜六色的，整个本子就像是小孩子随便划拉的草稿纸。

翻着翻着，徐州突然发现自己并不了解她。这个和他一起生活了四五年的女人，他并不了解。他有点慌乱，但随即又镇定下来。

怎么样才算是了解呢？你和一个人共同生活，你知道他（她）的上下班时间，知道他（她）今年多大，身高多少，你知道他（她）一顿能吃多少……但是，这是日常生活啊，日常生活怎么描述呢？

“他不会知道我有几件衣服，他也不会知道我最近穿的鞋子是什么样的。但我知道他的。”林萍在日记里这样写道。

徐州有些羞恼，这是什么话？这也需要知道？即使不知道，在人群中，还不是一眼就认出了你？！徐州真想拉她出来辩解一番，但如果她真的要问，徐州也只会懒得理她。但是，在这百无聊赖的雨夜，徐州仔细地想了想，也的确是的：他不知道她穿什么衣服，她的衣服都是什么样子，尽管在人群中一眼就能认出来，但如果要贴寻人启事，他都不知道该怎么写衣帽特征。是啊，他看过太多的寻人启事：走失时身穿蓝色毛衣、深色牛仔裤，脚穿白色运动鞋……甚至衣服的品牌、质地都说得十分清楚。

平心而论，他不能够。

想了解一个人是多么困难，即使你处处留心，即使你并不健忘。徐州不记得谁跟他说过这样的话。

比如她喜欢的、讨厌的，想要的、不想要的；比如将来生活的样子、未来的孩子。他从来都没有和她谈论过这些，他觉得没有必要。该来的总会到来，谈论有什么用呢？生活总会按部就班地进行，条件成熟时，自然会生孩子；生活好了，自然会有好房子。着什么急呢？

在林萍的笔记本里，她记录了如下的场景：

好没劲。本来想的对话应该如下：

老公，你的理想是什么？

啊，我的理想是……老婆你的理想呢？

然后我就可以向他表明我的理想了。可结果却是：

老公，你的理想是什么？（我那么严肃又一本正经，他倒好，爱理不理的，头也不抬，再叫一声，才回答。）

我没有理想。

干吗没有理想？快说一个！

挣钱呗！

好吧。

我的理想呢？我也不知道。但肯定有一项也是挣钱。可是他又不问我。算了。我自己写写吧。

但是她并没有写。

什么时候发生过这样的事呢，他完全没有印象了。

如今，他坐在昏暗中，有足够的时间细细地想：她所说的理想是什么呢？

理想应该是难以实现的东西吧。世俗的现实生活已经叫他疲惫不堪，哪里有时间仔细地想那些难以实现的东西，他只想踏踏实实，一步一步地，多挣些钱，买上房子，一家人热闹地住在自己的房子里。这是不久的将来的生活啊！如果将来的生活就叫理想，一步步总会实现的，又有什么好说的呢？

说多不如做多。

但是她的理想呢？她的理想是什么？当时在想什么，怎么不问一问？哪怕只是随口一句呢。

那么，等她回来，就问一问吧。

她在笔记本里淡淡地写："在爱情里没有受到过纵容的女人并不算真正被爱过。"句子的旁边打了一个触目惊心的问号，红色的。

他内心一凛。

他有太多时间来想他们的生活。

从相恋到结婚，他自认对她不错，一心一意工作、挣钱，谋求更好的生活。逢年过节，给她的家人打电话，该送礼时送礼，该请客时请客，并没有落下什么话柄。当然，也从来没有爱过别的女人。

但说到纵容，什么又是纵容呢？这些名词一个比一个让人费解，让他在这样的雨夜里茫然不知所措。

她在笔记本中还写："这世界上有谁以爱情的姿态爱过你？"

这一句，她没有标注，不知是引用还是有感而发。看看时间，是不久之前。

他想起有一次争吵。一点小事情，她气得哭起来，他觉得不可理喻。林萍哽咽着说：“是你有理。是我不对。”

他默不作声。的确是她不对，有什么好吵的呢。幸好她还算明理，就此打住，很好。这件事后，两个人又重归于好。当然是重归于好，谁的日子不是磕磕绊绊过来的？第二天，还不是好好的。该上班上班，该买菜买菜，该吃饭吃饭，像什么都没有发生过。

徐州没觉得有什么不对。别人的生活难道不是这样？再说，别人的生活怎么样，他们管得着吗？他们只负责管好自己的生活。

雨下了多长时间他不知道，漫长得仿佛一个世纪。在这段空白里，他不断地同外界联系，他想找到她。在这漫长里，他花了时间来看她的笔记本和书。从来不愿意看小说的他，快速翻看了几本小说，而且是他不屑之中更不屑的爱情小说。那些小说里太多横刀夺爱的故事，但是，这世上，谁值得你为之横刀？

他摇摇头，叹息着合上一个又一个荡气回肠却漏洞百出的爱情故事。

他不想再费力去看那些。与其那样浪费时间不如来想一想，她　　他的妻子究竟是怎样的人。

她怕死。每当两人嬉闹，他作势要掐她的脖子，她就很紧张，大声尖叫，有时竟会掉下眼泪。

她不止一次向他说过类似的害怕。她要他捏捏后背，在他的手捏到后颈的时候，她会突然喊停：那里有个死穴！你别碰到了！

她告诉他，她躺在椅子上仰起脖子的时候，只要一闭眼睛，就觉得上面会掉下一把锋利的斧子，正好砍断自己的脖子。这样想的时候，就觉得脖子里凉飕飕的。

有一次地震，他出差了，她在家里吓得直哭。其实只是轻微地晃了一两下，她说她的腿都软了。

她喜欢折腾一些乱七八糟的小玩意儿，家里到处都是瓶瓶罐罐，里面装的什么，时间长了她自己都不记得。

她喜欢藏钱，在不穿的衣服口袋里装十块、二十块钱，等到穿的时候拿出来会很惊喜，仿佛那钱是别人的。

她喜欢黏人，又啰唆，一件事要反复地说几遍。

她不上进，工作不怎么认真，懒散拖拉，常常嚷着：啊，实在不想干了。我要辞职！但从来也没有付诸行动。

她还变过心。他们结婚后，她曾经喜欢过一个人。他知道。但只是很短很短的一段时间，她和那个人连面都没有见过。

他们后来都没有再提起过。他甚至没有问，她为什么喜欢那个人。他觉得自己并没有什么差错，使得她要去喜欢一个素未谋面的人。独自一个人的时候，他有时也猜测，究竟是为什么，是那个人更好？有钱？帅气？还是别的什么。但是他从来没有问过。

也许不问，就等于没有发生吧。

…………

那些都是她。

他又有些恍惚，他觉得那并不是她。

但那是谁呢？

这绵绵阴雨里，房子里的花草竟渐渐地茂盛起来。天竺葵开出了紫中带白的一大簇花；长寿花一簇一簇的，新花与旧蕊交相辉映，给这黯淡的房间添了一点鲜亮；她一直抱怨不开花的韭叶兰竟也抽出了花苞；绿萝的叶子油亮油亮的，硕大的叶片仿佛一块块碧玉。

那盆栀子花不知从什么时候由一朵变成了好几朵。

“我死后给我一个栀子花的花圈。”他耳边突然出现林萍一次开玩笑时说的话。

他看着那洁白的花，突然转身，打开门，径直走向雨水正在浇灌的大街。

先生九如

傍晚的时候，我正在和小胖打宝，我的都快输光了，二姐的书本都被我撕来叠宝了，可仍是输。

我正气恼着，打算想法子把老本赢回来，就看到村头卖馓子的玉良气喘吁吁地跑了来。

“二毛，给我找先生去！”还没到跟前，玉良就喊了起来。

“非要这个时候找他不可？”我问玉良。

“你先去找，找回来，等结婚的时候多给你几颗糖！”

我知道先生在哪儿。

这个时候，他一定带着他的那只瘦羊在青河芦苇坡吃草。黄昏时乡里人几乎都赶着羊啊牛啊从地里、河边回来了，他却慢悠悠地牵羊出门，不到天黑绝不回家。

太阳像个黄金大饼挂在远处的芦苇丛上，水鸟叽叽喳喳。这青河里到处都是芦苇，河东是我们村的地，河西就是郑庄的了。芦苇坡就在青河水拐弯流向葛村和郑庄的会合处。

这地方是一小片平缓坡地。不知道什么人什么年代在那里种了几株柳树，如今郁郁葱葱，长得很粗，几个人伸着胳膊都抱不过来。一棵柳树旁边有一眼甘甜的泉水。坡上面是葛村和郑庄的坟地，除了清明、七月十五、春节，少有人来。先生经常在这里放羊。

果不其然，他的羊正在够河坡浅水里的嫩芦苇头。芦苇长高了些，那羊够不着，使劲伸着脖子，也只吃到了几片叶子。先生正坐在柳树旁边的枝干上，摇头晃脑不知道在做什么。

“先生，玉良喊你写‘囍’字。”我远远地喊开了。

他没理我。

“先生！先生！玉良喊你写‘囍’字，他儿子过几天娶媳妇！”

他仍不理我。

“噢！九如！玉良叫你写‘囍’字！”

他这才抬头看了看我：“你怎么老忘！我们可是朋友！”

我只好挠挠头：“我　时么（没）想起来。”其实我压根儿没觉得九如比先生这个称呼顺口。

先生本名张志文，虽说这个名字几乎可以算布口村最有文化的名字了，可他总是不满意，他给自己取了个名字叫九如。自从他决定和我做朋友以来，就要求我喊他九如。他说这就是他的笔名。

“‘九如’你知道吗?”先生摇头晃脑，“君子九如。诗曰：如山如阜，如冈如陵。如川之方至，以莫不增……如月之恒，如日之升。如南山之寿，不骞不崩。如松柏之茂，无不尔或承。”

“你知道这是什么意思吗?”

眼看先生就要长篇大论，我赶紧打断了他：“别管啥意思，你说叫啥就叫啥。”

但村里人不管什么本名笔名，什么君子小人，只管喊他的外号：先生。

教书的才是先生，那是尊称，但对于张志文来说，这一声先生是实实在在地带有寒酸和挖苦的意味了。

先生是有点精神不正常的，村里人都这么说。但我常常见他，也并不觉得他哪里不对。他喜欢和小孩子一起玩，尤其和我要好。可我实在没有当他是我的朋友。

先生虽有些神神道道，但他读过高中，大学没上成，也几乎算是布口村最有文化的人了。布口村还有一个文化人小宇，据说是先生的同学，但早已经不在村里了，他已经变成了城里人。

给玉良家写好“囍”字，先生得了两包烟、一包糖，烟他自己留着，糖让我和小胖分了吃了。

夏天的午后，炎热十分，这时候我们就会跟着先生去芦苇坡。芦苇坡的那几棵大柳树下，实在是凉爽宜人，那儿离村子远，又离外村的坟地近，去的人少。村头河边也有几片乘凉的好去处，但不是被打八张（一种扑克游戏）的大人们霸占，就是被比我们大的孩子们占着。大人们打牌倒还好，大孩子们无趣起来就会欺负我们取乐了。上次东亚和谷雨他们就当着一群人的面把小胖的短裤给扒了，其中还有很多女孩子！不然，就指使我们去小商店给他们买东买西的，又没有半点好处！总之我们见着他们都躲得远远的。

而且，如果先生在那里，大人们的乐趣就来了，牌也不好好打了。

“先生，你的光明找到了吗?”说这话的是初中生小顾。当然他已经不再是初中生了，他只上到初中，大家就叫他初中生小顾。我们哈哈大笑。笑完，小胖会一字一句地背：“黑夜，给了我，黑色，的，眼睛，我，却，用它，来寻找——光明！”然后又是一场哄笑。

“你们懂什么?！懂什么！这是顾城，顾城你们知道吗?！诗人！”先生一副生气的样子。

“顾城我知道，是我兄弟！”初中生小顾哈哈大笑，“我还知道海子呢，你知道吗?”

“海子我不喜欢！”先生说。

“那你喜欢谁?”酒鬼书华醉醺醺地问。

“他喜欢郑庄的那个小娘们！”二桥大声喊。

先生的脸一下子涨红了，嘴里嘟囔着：“生活不过是一片混乱，充满了各种可笑的、龌龊的事情，它只能给人们提供笑料，但是他笑的时候却禁不住满心哀伤。”然后顿顿脚，转头走了。背后是一群欢笑不止的人在重复他的话“满心哀伤，满心哀伤”……

“郑庄的那个小娘们”，据说是先生以前的对象，但后来不知怎的，嫁到遥远的别处去了。

以前芦苇坡我们也是不敢去的，听说那里闹鬼，经常有呜呜咽咽的声音传来。后来才知道，是先生在那里吹笛子。也不知道他从哪里弄来的一支破烂笛子，吹起来漏风漏气的，呜呜咽咽活像鬼哭。而先生最拿手的，是吹口哨。他那张嘴，不知道是什么做的，吹的流行歌曲和村头广播里的一模一样。村里再喜欢戏谑先生的人，听到先生的口哨，也会叹一声：这个先生！真是绝了！如果说先生有什么能让小胖和我佩服的，绝对是吹口哨了。我们曾缠着先生，求他教我们，却笨嘴拙舌，怎么也学不会，自然也就放弃了想在女孩子面前一显身手的想法了。先生还会用树叶吹，不管什么叶子，柳树的叶子、洋槐树的叶子、枫杨树的叶子，他都能吹。

“柳树湿润，温柔，它的叶子适合吹舒缓的、轻柔的曲子；洋槐树甜蜜、多情，适合吹甜美的曲子；枫杨树持重、低沉，适合……唉，说了你们也不懂。”先生就这样摇头晃脑，像是自言自语。因为在他说话的当儿，我们早已爬上一棵好树，找一个舒服的树杈坐着，用弹弓互相攻击。久而久之，他说得多了，吹过的曲子多了，我们大约也能判断出他用的是哪一种树的叶子。

当着我们的面，他很少用枫杨树的叶子吹曲子。

有一天，天气阴沉，雨要落未落，我放羊回来，正好在村头碰上先生牵着他的瘦羊往芦苇坡去。他拦住我，邀我一同前往芦苇坡：“二毛，今日我让你听一首新曲。”可是天气如此阴沉，我并不想去：“回去晚了，我妈要骂。快下雨了，我劝你最好也别去了。天可凉起来了！”先生摇摇头：“二毛，你不懂，只有这样的天气，我才能吹出这个新曲。你把羊送回家，我在芦苇坡等你。噢，我还带了几块糖。”

我一路晃着往芦苇坡去，还没到跟前，就听见先生的曲子。那是我从未听过的凄凉调，低缓、深沉，仿佛有冷风从芦苇坡上吹过来，吹得柳叶沙沙作响。我走过去，看到先生正斜倚着一棵大柳树，一双手捧在嘴边，那曲调正是从他手中传来。他的那只瘦羊没什么可吃的，就懒懒地卧在他的脚边。看见我来了，先生也没有停下来。我爬上他靠着的那棵柳树，一边听曲，一边晃着垂在空中的两条腿。先生的曲子像一个满腹心事的人咿咿呀呀地诉说衷情，有点哀怨，有点悲伤，像薄雾渐渐从四周围拢过来，仿佛要将我们包围。

一曲终了，先生长长地叹了一口气：“二毛，雾来了，咱们回家吧。”薄雾渐渐消散，变成雨丝，打湿了我的头发。我半仰起头，看看先生。他的脸上一如既往地没有表情，长长的睫毛上挂着雾气凝结成的水珠，看上去有些忧郁。

后来他说，那天霜降，他吹的曲子叫《木叶落》，用的是枫杨树的叶子。“‘木叶’，你懂吗？”先生问我。我摇头。“‘袅袅兮秋风，洞庭波兮木叶下’，想必你也没听说过吧？”我仍是摇头。“唉，你哪里懂哦！”先生如往常一般叹了一口气。

那天，先生忘了给我糖，我也忘了管他要。

先生父母早亡，家里只剩他一人，除去他，还有那只瘦羊。他一个人守着两三亩地。“草盛豆苗稀”，先生这样说自己的地。这句我们懂，一看他家的地，就全都明白了。他家在村东头那个拐角处，两间土坯房，门口靠右边搭了一个小棚子，下面拴着他的那只瘦羊；左边是一大片空地，空地上有一棵高大的楸树，以及一棵歪斜的泡桐树。树下一片硬沙土般光洁的平地，是我和小胖最爱玩的地方，打宝、弹弹珠最合适了。

春天接近尾声的时候，泡桐树先开了一树甜香的花。等到泡桐花开毕，再长出一树浓郁的叶子，楸树就开花了，淡红色、带着丝绒般边缘的花在树叶中闪啊闪。两树花期时，先生就在午后搬出他家唯一的一把躺椅，在树下捧着一本书念。有时是“窈窕淑女，君子好逑”，有时是“风萧萧兮易水寒”，有时还是我听不懂的英语，更多的时候，他会念“我可否将你比作一个夏日”“灵魂选择自己的伴侣”……

据说他有一段刻骨铭心的爱情，他们自己谈的。他还曾经为了那个女孩逃过婚。但后来，女孩却远嫁他乡，他也没有再谈。那女孩，大约是大人们说的“郑庄的小娘们”。说实在的，像他这般，无依无靠无积蓄，又神神道道，整日里胡言乱语的，谁会愿意给他做媒介绍对象呢?

先生有时候会说一些奇怪的语言，我们是听不懂的。比如“辣五”，比如“发哎卧”，又比如“黑特”……初中生小顾说，先生说的是英语，他那是显摆他的英语呢!“英语那么好，不也没上成大学!”小顾对此颇不屑一顾，“他是不是说过‘辣五游’之类的话?”我点了点头。“哼!”小顾从鼻子里哼一声，“骚情样!都被甩了，还‘辣五’来‘辣五’去的!”

我想追问，小顾却扭头走了。

先生并不总说英语。他有时候会莫名其妙来一句“人生的悲剧不是人会死亡，而是他们不再爱了”“一个男人深深地爱一个女人，并非意味着他就希望下半辈子和她共同度过”，诸如此类的话。一听到“爱”字，我和小胖总是吃吃地笑。我们还从未从身边任何一个大人的嘴里听说过“爱”这个字眼。

有一次，高高坐在树梢上的小胖在先生又说了一遍“人生的悲剧不是人会死亡，而是他们不再爱了”之后，大声冲着先生喊：“你爱谁?”

先生似乎没有听见，只抬起头看了看小胖，又低下头自言自语起来。

因为先生说的次数太多，我印象十分深刻。过了很久，我读过几本书以后，才在毛姆的书里看到了这样的话。

春节在一场接着一场的大雪中到来。那一段时间，先生家是最热闹的。找他写春联的人一个接着一个。人们带着红纸，带着为春节准备的馒头、包子、馓子、丸子、瓜子、糖之类的吃食，到先生家里来。也只有在这个时候，大家才不会带着戏谑的语气跟先生说话。我和小胖理所当然成了先生的副手，裁红纸，几副长的，要贴大门，短的，写横批，写六畜兴旺、身体健康、出门见喜，还要裁几张大方形、小方形写“福”字。裁好纸，先生就开始写了，他写一条，我们移动一条。小小的昏暗的屋里，到处是写好的春联。一家一家的，只有我和小胖分得清楚。

等到最后一家写完，先生才用剩下的红纸，为自己写上一副。他不给自己写“紫气东来”“爆竹一声旧岁除”之类的。他写得怪。有一年他写的是“故乡今夜思千里，霜鬓明朝又一年”。写完他还一遍一遍地念。念完后，他自言自语说：“哎呀，绝望的时光又少了一岁了。”

弄得我和小胖都觉得春节忽然变得令人忧伤了。

春风怨

一

杭平是遗腹子，当他还在母亲肚子里时，父亲因一场车祸去世。

生下你没几天，你母亲就因悲伤过度去世了。祖母告诉他。

父母亲并没有结婚。这也解释了为何祖坟里只有他父亲一个人。父亲的肖像封在墓碑上，他无数次地看过。照片上的父亲戴一副眼镜，笑容温和，文质彬彬。

祖父母还在的时候，他们带着他去给父亲上坟，春节、清明、七月十五，还有父亲的忌日：农历九月初三。

只有在这样的时候他才会喊一声陌生得不能再陌生的称呼：爸爸妈妈。仿佛在这样的时候，他就和别的孩子一样，有亲爱的爸妈，而不是同自己两世相隔的父母亲。仿佛在这样的时候，他们是确实存在的两个人，他们能听到他的呼喊、他的叮嘱，他们也一定在旁边，用慈爱的如同祖父母那样的眼神关照他，用温和的如同祖父母那样的语言叮嘱他：听话，不要乱跑，天黑了早点回家。

尽管墓地里只埋着父亲一个人。

除却这样的日子，普通的时日祖父也偶尔带着他去。祖坟所在之地，是他们的农田，靠河的一块面积约四亩的农田。所谓祖坟，也不过三代人：他的父亲，他父亲的祖父母，他祖父的祖父母。

杭平还小的时候，跟着祖父母到田里。他们干活的时候，他就去看父亲。他看照片上父亲笑，他也笑。他的笑撞上父亲的笑，于是变成了父子俩的相视一笑、会心一笑。春天的时候，那一片坟地生机勃勃，水嫩多汁的茅针，开花的萋萋芽，颜色怪异的猫耳花，还有许多杭平叫不上名字的花花草草。蝴蝶在坟间飞来飞去，大多数是白色的小蝴蝶，偶尔有一两只黄色或者花的蝴蝶。他扑上去捉，如果能捉到，他就拿去给祖母看。

五十多岁的祖母健壮不失温柔。杭平喜欢看祖母笑。祖母笑起来，眼角眉梢和墓碑上的父亲尤其相像。

七八岁以后，杭平就经常能听到父亲的故事。

“小时候你爸爸很皮，爱捣蛋，可不像你这么斯文。爷爷让他到村头打酒，给他的钱他只用一半，另一半自己藏起来。酒不够怎么办？他给我装水！看我一顿好打！”祖父说起来，笑容湿湿的。说这话的时候，祖父严肃的神色缓和了许多，脸上更多的是温柔和慈祥。祖父虽然不识字，但气质很好。“气质”这个词，是杭平念小学时，一位城里的女老师说的。开家长会，祖父来学校。之后，女老师问杭平，你爷爷也是老师吗？杭平记得他告诉老师爷爷不识字的时候老师惊讶的表情。女老师说，你爷爷气质真好，像一位老师。

“上了初中就好多了，成绩也上去了，再配个眼镜，哟，教书先生！女同学就爱到咱们家里来。这一点你跟你爸还挺像。”祖母看着他打趣。

时间过去很久了，提起父亲，再讲述父亲的往事，更多的时候他们是在打趣，言语中很少再有悲伤。仿佛父亲仍好好地活着，在不远的某个地方，好像在谈论中，他就能迈着轻快的步子，推开院门，坐在八仙桌前和他们一起吃晚饭。

他们不提杭平的母亲。是的，并没有什么好说的。他的母亲，于祖父母来说，只是儿子的女朋友，他们一点也不了解，又去世得那么早，有什么可说的呢？

二

杭平家的邻居戴知谦是村里的代课老师，按辈分，戴老师得喊杭平小叔。小时候不懂事，杭平总跟在戴老师身后，喊他小戴，让他管自己叫小叔。在村里，大家都是这样对待比自己辈分小的人。

但是戴老师不一样。一次杭平这样做的时候被祖父撞见，祖父严肃地对他说：“戴老师是先生，你要懂礼数。你爸画画就是戴老师教的呢。”

念了小学，戴老师教杭平语文，杭平才知道戴老师那样一个高瘦的、竹竿一样的半老的老头竟然懂得这么多！杭平认识了字，会拿笔了，祖父就请戴老师教杭平毛笔字，教他画素描。在戴老师的书房里，杭平第一次读到诸如“愿君如行云，时时见经过”“思君令人老，岁月忽已晚”“当时明月在，曾照彩云归”“十年生死两茫茫”这样的句子。小小年纪的杭平似懂非懂，却觉得这些句子异常美，美得令人忧伤。

戴老师是不是经常读这样的诗句，所以他几乎不笑？杭平默默地想。戴老师一个人住在隔壁。杭平听祖母说，戴老师的老婆也是老师，生孩子的时候难产死了，孩子也没保住。

听过这样的故事，杭平觉得戴老师很可怜，于是在戴老师教课的时候，就格外用心。“你和你爸一样聪明。不过你爸皮一些，你呢，就稳重多了。”戴老师说。

念了中学，杭平的生活广阔了许多，没人知道他无父无母，不像小时候，淘气的小孩子要追着他骂野孩子。随着长大，孩子们也渐渐有了羞愧、尊重、欢喜之意。杭平依靠自己清秀的外表、彬彬有礼的举止，当然还有令人骄傲的成绩为自己赢得了尊重和爱慕。

然而事实上，即使在杭平小时候，因为其他孩子的嘲讽而影响心情的时候也不多。他并不怎么在意别人的嘲讽，只是在听到那些“野孩子”的嘲讽后，暗自失望遗憾。没有完整的家庭，是会让人失望遗憾的呀！

每当这些时候，他就钻到屋子里。祖父母以为他是伤心，就留他独处，并不打扰。他一个人在屋子里，要么画一会儿画，要么就读戴老师借给他的书，那些书大多是诗词歌赋，他只拣看着顺眼的读，也只能记住一首诗词的一句半句。还有的时候，他就在父亲的遗物中翻翻拣拣，希望能翻到新的东西。

父亲的遗物大多是书，还有一些照片，几本日记，一本素描本。大多是父亲高中时代的东西。

三

关于他母亲的一切，除了名字之外，他什么也不知道。祖父母从来不提，他想问一点，总是得不到回应。

偶尔几次，祖母告诉他，母亲是湖南人。父亲读大学，就是在湖南。他们是校友。

杭平的女朋友清也是湖南人。每次听到清用湖南话给亲友打电话，他总是很专注。母亲是不是也是这样说话？母亲说起湖南话来是不是也这样可爱？在长沙街头，他也见识到了湖南话的不可爱：两个女人当街吵架，针锋相对，语速飞快。他见识到了湖南话的另一面，但他不厌烦，喜欢听清讲湖南话。他学不来。

有一年，杭平背着祖母买了一张去长沙的火车票。从来没有到过大城市的杭平在长沙街头走了很久。他去了父亲读书的学校——湘江之滨、岳麓山下的湖南大学。

正是初秋，道路两旁是高大的香樟树，偶尔有一两片叶子在风中飘落。学校的入口有一片桂树，红色的丹桂，乳白色的银桂。桂花的芬芳在十月初的岳麓山脚下荡漾。杭平走到学校门口，突然又不想进去了，就在旁边的桂树下坐了很久。来往的年轻人三三两两，杭平在桂花的芳香中看着他们。有一个女孩穿着鲜艳的长裙，头发浓密又黑又长，她手里抱着一摞书，正往学校里走；有一对情侣，女孩依偎着男孩，男孩瘦瘦高高，戴着眼镜，他们正从学校里走出来……

看着他们来来往往的身影，杭平忽然想，父亲读书的时候是什么样？母亲呢？他想从这往来的人群中找出父母亲的一点点影子，却又觉得那是徒劳。

一阵风来，桂花纷纷而落，香味更浓郁了。杭平沉醉在这芬芳里，一时间忘记了身在何处。在北方，杭平没有见过桂树。但桂树对杭平来说是不陌生的。从戴老师那里，杭平学到很多关于桂树的古诗词，“故园松桂发，万里共清辉”“人闲桂花落，夜静春山空”“冷露无声湿桂花”“山寺月中寻桂子，郡亭枕上看潮头”……从祖父那里，杭平还知道了包括桂树在内的很多种树。祖父是个木匠，不过祖父做的木匠活儿种类有限，小板凳、茶几、案板、八仙桌，最多的是棺材。小时候杭平跟在祖父身后，一样一样地认木头。祖父告诉他一块木板从哪一种树上来，他就在村子里找一棵相同的树看它们活着时候的样子。

苦楝开淡紫色的花，结一簇一簇的枣子一样的果实；枣树发芽晚，开的花细细密密，又小又单薄，谁家要是用枣树来给老人做棺材，那可是花了大价钱；泡桐长得快，但容易空心；榆树长得慢，结实；柳树易膨胀，用来做案板特别好……一天，有人拿来一截木头给祖父。祖父告诉杭平，这是他父亲最喜欢的桂木。后来那一小截木头，被插在了父亲的坟头。天长日久，那一截桂木不知怎么就不见了。

在这一片桂树中，有一株特别大的丹桂，树干粗壮，枝叶婆娑，像一把巨大的伞，橘红色的桂花密密地开了满树。一棵桂树要长这么大，需要多少年啊。杭平忽然想，父母亲是否曾在那桂树下走过？他这样想的时候，就抬起头细细地盯着那棵树，恍惚中，他仿佛看到当年母亲挽着父亲像此刻的他一样看着这棵开满橘红色花朵的桂树……

杭平的眼睛湿润了。他们一定是见过这棵树的！喜欢桂树的父亲怎么会忽略这棵丹桂？杭平有些激动，猛地站起来，跑向那棵硕大的桂树，张开双臂紧紧地抱住了那棵树。桂树的芬芳将他严严实实地包裹着，他的脸贴着树皮，树皮的粗糙让他感到一种前所未有的亲近和温暖。陌生的湖南，陌生的长沙，在这一刻，仿佛才和他有了某种血脉关系。他的眼泪汹涌而出。

过了许久，他从这亲近和温暖之中回过神来，又抬眼望了望这棵树，折了一枝花枝，小心翼翼地放在包里，然后头也不回地离开了。

四

母亲有一个好听的名字，宋落梅。他有一张母亲的小照片，是他翻看父亲遗物时偶然发现的。照片的背后写着：落梅，十七岁。

十七岁的母亲眼眸清亮，头发扎成一束马尾，从左边的肩颈绕到胸前。照片中的母亲没有笑，却自有一股温柔之意。发现母亲照片的那个午后，他拿着照片，把自己关在屋里，对着镜子照了很久。

久照之后的结论令他失望：他和母亲并无相似之处。其实一开始他就看出来了，只是不太愿意相信。

他猜想父亲一定还有母亲的很多照片。但除此之外，他没有找到任何一张。

在这样波澜不惊的时光里，杭平念了高中。高中即将毕业的时候，祖父去世了。从此他和祖母相依为命。高中念完，他不再想念大学。家里只有几亩薄田，而祖母年纪也越来越大，他能念到高中已经不错了，何况他对大学也并不向往。父亲念了大学，可又有什么用呢？毕业没几年，刚把大学时念书欠的债还清就去世了。也许不念大学，父亲也不会出车祸。杭平有时候这样想。人生的每一步看似无关紧要，却环环相扣。父亲如果没有念大学，一定不可能有那样的工作，没有那样的工作，自然不会有出差的机会，不出差，自然不会出车祸，没有车祸，父亲还好好地活着，说不定祖父也可以多活几年。当然，杭平也想，如果父亲不念大学，可能也不会有母亲这样的女友，自然也不会有自己。尽管如此，杭平仍是意绪难平，如今这一切在他心上留了影。作为父亲的儿子，祖父母疼爱的孙子，他仍希望彼时他的父亲没有去读大学。只留在家里，娶妻生子，照顾祖父母，在这几亩田地里，子孙满堂，缓缓老去。

也许祖母也这样想，所以当杭平告诉祖母，自己在县城的电缆厂找了一份工作的时候，祖母并没有说什么。只有戴老师在得知杭平放弃考大学的消息后，很是惆怅了一阵子。

打工生涯乏善可陈。斯文的杭平一进入社会，就要从头开始学起，什么都是新鲜的。新鲜的生活，新鲜的经验。就是在这新鲜里，杭平认识了清。两年后，清成了他的女朋友。

斯文寡言的杭平和活泼外向的清，看上去似乎很不搭，但他们偏偏在一起了。清不是好看的女孩子，读的书也不多，至少不如杭平那么多，初中毕业就到电缆厂上班。清的叔叔是电缆厂的工程师，清就是他带过来的。叔叔手把手地教，清现在是一名合格的质检员。

周末，杭平带着清回家看祖母。清是个惹人喜爱的女孩子，嘴甜，爱说话，一到家就奶奶长奶奶短地喊，蹦蹦跳跳地帮祖母做事，搬板凳，择菜，洗菜。祖母很喜欢清。

杭平每次回家都要去戴老师家里坐一坐。祖孙吃饭的时候，也喊戴老师。

“清很像小许老师啊。”有一天饭后，祖母和戴老师聊天。小许老师就是戴老师早逝的妻子。戴老师微笑点头。

“可惜。”祖母摇头叹息。

清不知道小许是谁。祖母在晚风中，絮絮地说起了小许。戴老师间或插一两句话。

他们谈论起逝去多年的邻居、妻子，那么从容，就像从前祖父母谈起自己去世的儿子，仿佛他们从未离开过，仍在这世上某处生活，不管何时被提起，都那么自然真切。

祖母说小许很喜欢孩子，尤其喜欢杭平的父亲，家里做了好吃的都要送一碗过来。怀了孕，更是喜欢孩子了。“唉，可谁知，就出了这样的事。”祖母言语中掩饰不住悲伤。

倒是戴老师很平淡：“老太（小辈称呼辈分很高的年老的妇女），莫难过，这一切都是命。”半截身子已入黄土的戴老师，已经看淡了这世间的生死。

以前祖母还给戴老师介绍过对象。祖母的意思是，夫妻感情再好，但毕竟小许已经去世，作为男人，小戴需要一个女人照顾自己，为他生一个或者几个孩子，照料这个家。但戴老师不愿意。一开始，祖母以为是时间的缘故，后来才从杭平父亲嘴里知道，这辈子，戴老师是不会再娶了。

那时候，杭平的父亲也不过十来岁。祖母曾感慨地对祖父说，从一而终的女人多，从一而终的男人真是少。

后来清泪眼婆娑地对杭平说，戴老师真是专一，竟未再娶。杭平这才意识到，妻子过早离世又并无子嗣的戴老师，没有再娶，在农村里，是多么不易。但细想来，杭平似乎也并不吃惊，仿佛戴老师这样，是太自然而然的事，难道一个人一辈子不应该只爱一个人，只娶（嫁）一个人吗?

就像祖父母。他们之间的相依不知能不能算是爱情，也许祖父母之间一辈子也没有说过爱。但杭平知道，祖父母之间从未有过争吵。祖母永远是温柔的，祖父永远是慈祥的。他们对待彼此的方式和他们对杭平的方式几乎相同，那便是疼爱、体恤和尊重。

祖父去世的时候，祖母尽管悲恸，却仍旧不失仪态，招呼着杭平把祖父的后事办得井井有条。只是祖母神色一天比一天黯淡，常常一个人静静地坐着，有时杭平喊她，她也听不见。两个人互相搭手做活儿的时候，祖母经常忘记祖父去世的事实，一张口就叫杭平去喊祖父，话说完才想起他已经不在了。于是有点自嘲地对杭平说，你看，奶奶老成什么样了。杭平分明看见祖母眼眶湿润。祖母的身体也是从那时起一天天垮下来的。

杭平不知道祖父母这种相处方式从何而来，这大概真的与文化水平无关。他见过太多的争吵不睦的夫妻，见过太多的粗暴家教下长大的孩子，杭平十分庆幸，自己有恩爱的祖父母。也许正因如此，杭平在和清的相处中，就多了几分理解和尊重，多了几分亲人般的疼爱和体恤。

五

杭平二十七岁那年的初冬，祖母去世。

他已经到了父亲去世时的年纪，再往后，他就比父亲大了。祖母再也不能对他说，你爸像你这么大的时候……

是的，祖母再也不能说。

祖母去世前一段时间，他请假侍奉床前，看见祖母几次欲言又止。

杭平知道祖母的遗憾，这一生养大他和父亲，竟不能看到他们成家。但杭平也不能说服自己草草结婚。和清认识四年，恋爱两年半，结婚也是顺理成章，只是，杭平总觉得缺了点什么。具体是什么，他也说不清楚。清待他很好，他也待清很好，但两人从未提过结婚。

好在祖母也并不催促，只是告诫杭平，要认真对待清。至于结婚，她说，你大了，自己拿主意。在农村，像祖母这样开通的老人并不多见，尤其是在独苗儿子去世之后。

祖母总是说，杭平啊，你是我赚来的，我能陪你多久都是赚的。

那一段时间，杭平照顾祖母，清周末到家里来看祖孙俩，也是欢乐时光。

那一段时间，杭平仿佛回到小时候，整天不离祖母左右。自高中开始，杭平就基本上两个星期回家一趟。如今偎在祖母身旁，却要时不时看祖母忍受疼痛，杭平不禁悲从中来。祖母疼的时候，豆大的汗珠往下掉，浑浊的眼睛里也水蒙蒙的，像要流出泪水。

不疼的时候，杭平把软床搬到院子里，让祖母晒晒太阳。祖孙俩有一句没一句地聊。聊去世的父亲和祖父，聊隔壁戴老师和他漂亮贤惠却薄命的老婆。

“小戴真是……你说说，年纪轻轻的，又没有拖累，再也不娶，多么不容易！一晃就这么多年了！我原先不理解，现在也懂了。真是碰上一个好人，怎么还能再娶别人呢？”祖母感叹。

如果我母亲不死，她带着我，是不是也不会再嫁？杭平这样想的时候，就忍不住向祖母问起母亲。这个几乎从未在杭平生活中被提起的人，这个连坟头都没有的母亲，只在杭平的心里，在杭平画的素描里——自从跟戴老师学会了素描，每年生日杭平都照着母亲的那张小像，为她画一幅素描。

他们不提他母亲，他便问起母亲家的亲戚。祖母说：“你爸妈没有结婚，他们不希望和我们来往，我和他们也没有见过。”他那时是有点失落的，外公外婆怎么这样对待女儿的孩子呢。

“我妈她究竟是什么样的人？”杭平问。

起风了，院子里的楝树叶子扑簌簌往下落。祖母抬头看看落叶和挂在枝丫上半青半黄的楝枣，沉默了许久，才说：“起风了，冬天快来了。奶奶恐怕熬不过这个冬天喽。”说着要杭平将她扶到屋里去。“对了，戴老师叫你明天到他家里去。”

第二天是个阴天，杭平到戴老师家里去时，戴老师正在整理书架。年近七十的戴老师身体每况愈下，愈来愈瘦了。

“明天我就搬到镇上的养老院去了，我整理了一些书送给你。”戴老师说。

杭平和戴老师聊了一会儿，约好第二天送戴老师去养老院，又来回跑了好几趟把书搬回家。晚上杭平整理戴老师送的书，一边整理一边看。那些泛黄的纸页，父亲是否也曾看过？

翻宋词的时候，杭平看到一首词：

自春来、惨绿愁红，芳心是事可可。日上花梢，莺穿柳带，犹压香衾卧。暖酥消、腻云亸，终日厌厌倦梳裹。

无那。恨薄情一去，音书无个。

早知恁么，悔当初、不把雕鞍锁。向鸡窗，只与蛮笺象管，拘束教吟课。镇相随、莫抛躲，针线闲拈伴伊坐。和我，免使年少，光阴虚过。

小时候他在父亲的日记里也读到过，父亲用钢笔工整地写在好几本日记的扉页上，那时他还以为词是父亲写的，长大后，才知道这首词出自柳永。

六

下午阳光很好，杭平扶祖母出来晒太阳。

他向祖母描述镇上养老院的情形。一个人一间房子，有专人做饭，定点吃饭，像上学在学校吃食堂住宿舍一般。祖母似未听到。

“你妈并没有死。”祖母突然吐出这几个字。

杭平惊讶得说不出话来。

“现在我不知道是什么情况。这么多年，从来没有联系过，不知道还好不好。”祖母并不理会杭平的震惊，自顾自地说。

“我只见过你妈两次。第一次是你爸出殡的时候。我一眼就看出她怀孕了。可是你爸并不知道，你爸永远都不会知道了。

“第二次，就是你出生的时候。”

那个下午，祖母絮絮地说了很多。

“你妈妈长得很清秀。你不像她，你像你爸。

“办完丧事，我拦下了你妈。问她打算怎么对待肚子里的孩子。她很吃惊，她原打算否认怀孕，可她胆怯，最终还是承认了。

我知道她不想要，我也理解。一个女孩子，未婚先孕也就罢了，可偏偏男朋友又死了。怎么好生下孩子呢。”

祖母说起自己死去的儿子，像是在说别人家的事。

“可是我求她，我一个劲地求她，求她悄悄地把孩子生下给我。我的儿子死了，但是我儿子的骨血还有，我怎么能不想方设法留下呢？

“她也求我体谅，说不愿意让孩子一出生就没有父亲，还说你爸出车祸前，她正准备向你爸提分手的事，说她其实并不喜欢你爸。

“唉，年轻人的事，我真的搞不懂。但是那孩子确实是她和你爸的。嗯。那孩子就是你。我管不了那么多，当时的我就只有一个念头，我的儿子死了，我要我的孙子。我求她可怜可怜我这死了唯一儿子的女人，求她看在和你爸从前的情分上，求她生下你。

“她拗不过我的苦求，最后终于答应了。

“不过她也提了要求，就是生下你后，再不相见，断绝一切联系。所以我只能告诉你，你妈死了，你妈因为悲伤过度死了！

“她不愿意回家生孩子，也不想在这里生，我把她带到你爸一个远房姑姑家，生下你之后她就回湖南老家了。

“奶奶这两年都在想这件事。奶奶想告诉你，又不知从何说起。你爷爷临走的时候，我想让他跟你说，他摆摆手，把难题抛给了我。你谈了女朋友的时候我想跟你说，又觉得你还小，才刚刚谈对象，我还能活几年吧，晚点再告诉你。我本来打算等你结婚了再告诉你，可眼下奶奶恐怕是等不到那时候了。”祖母苦笑着说。

杭平不知道该怎么面对这样的身世。他以为死了二十七年的母亲，竟然没有死。那么她现在是什么样子？她在哪里？她有没有想过这个尚未出生便没了父亲，一出生又遭她舍弃的孩子？

“你不要怪她。她也没有办法。她本来可以不要你的。”祖母说。

但杭平仍旧不能释怀。他怎么能释怀？这个被他一遍遍画在素描本上，一遍遍在清明、七月十五默默喊过的已经“死掉”的母亲，竟还活着，竟还是舍弃他的人。而且，她本来就不打算要他。

祖母在小雪那日去世。祖母去世后，杭平有更多的时间和心思想关于母亲的事。

但越想越不能释怀。

杭平去养老院看戴老师。一老一少聊了很久。

“杭平，你还年轻，你母亲一定有她的苦衷。”戴老师说。

杭平知道，她确实有苦衷。更何况，她曾对祖母说她即将和父亲分手。即将分手了，还要什么孩子呢？还怎么要孩子呢？

杭平不能释怀的是，这么多年来，她竟从未来寻过他。他是她的孩子啊！不管她和父亲怎么样，她竟从未可怜过这个孩子。

清说：“不如我陪你去找她。你想不明白的事，找她去问明白。”

杭平不愿意。杭平不想找她。既然她从未找过自己，自己又何必要去找她。

“那么，等你想去找她了，咱们再去。”清说。

有时，杭平竟有些怨恨祖母。这么多年都没有告诉自己的事，何必让自己知道呢，就当她已经死了。

不止一次地，杭平揣摩着那个被自己叫作母亲的女人的心意。不爱父亲，要分手，但是怀了孕，仍生下了自己。当然，那是因为父亲的去世，当然，那是因为祖母的乞求。可是……

“想不明白的，就别想了。”清说，“你仍当她已经去世，就当奶奶给你讲的是别人的故事。”

杭平也这样跟自己说过。他本来以为祖母死后，在这世上，自己再无亲人。但在遥远的某个地方，还有一个给予自己生命的人，而那个人却从来不曾想到过他。

那个人是否还活着？是否结婚生子，有体贴周到的爱人和聪明懂事的孩子？那个人是否真的从来没有想到过在遥远的地方有一个她曾经舍弃的孩子？杭平这样问自己。

“也许她想过你，但她有苦衷。她有她自己的生活。”清总是这样说。

“我不明白她为什么不爱我的父亲，却又有了我。”杭平说。

“我小时候特别希望能有个特异功能，就是能够进入任何人的心，从而能够知道他们在想什么，他们是什么人。了解他们，就像了解我自己一样。可渐渐长大，越来越觉得不了解别人也是一件好事，能够完全知道他人所想，其实多么可怕！”清答非所问。

也许真的如此。

“你真的知道了为什么，又能怎么样？”杭平自问，“失去的不可也不能弥补，失去的永远不能挽回。”

“这便是人生。”戴老师说。

是的，这便是人生。不能假设，不能回头，更不能重来。

七

按照祖母的遗愿，确切地说，按照他所猜测的祖母并未表达出来的愿望，他和清于来年初春结了婚。已经没有家长的杭平，在戴老师的主持下在镇上请了几桌客人之后，又去了清的老家办了婚礼。

清的老家在湖南邵阳乡下。

彼时正是春天，远山苍翠，金黄的菜花在山坡上一层一层铺展。“你老家真美，如梦里江南。”杭平对清说。

清的父母淳朴、温和，尽管是在他们那里办婚礼，却处处关照着杭平家里的风俗，一遍遍问杭平合适与否。

如果母亲在这里，会怎么样？看见自己舍弃的儿子如今也结了婚，她会怎么想？杭平不能猜测。

从来没有梦见过母亲的杭平，在邵阳乡下的第二个晚上梦见了母亲。

梦中，年轻的母亲眼眸清亮，头发扎成一束马尾，仍是从左边的肩颈绕到胸前。她端坐窗前，眼睛直视杭平。

“你觉得我抛弃了你？”她说这话的时候态度骄傲。

梦中的杭平不吭声。

“你觉得我不爱你父亲，就不应该有你？”

“你甚至不允许我犯错误？我年纪比你还小！”

母亲冷笑着。

“你恨我吗？要恨你就恨好了。我只是不爱他而已，不爱一个人有错吗？”梦中的母亲脸色苍白，面容凄苦。梦中的杭平一言不发，只看着母亲。

杭平从梦中醒来。昨晚一扇窗户没有关好，有风正吹过屋后的竹林，沙沙声如落一场小雨。杭平起身关窗，窗外月色正好。

“你起来做什么？”清半睡半醒中问他。

“有风，我关窗户。”月光透过窗户照进来，屋里的一切都有着朦朦胧胧的影子。杭平回到床上，看着又睡去的清，侧身给她掖了掖被子，温柔地说。

桃之夭夭

如果那天没有答应他，自己一定不会是现在这样吧。这七年里，余春枝不止一次这样想。真的，如果当时没有答应他，今天的自己会是什么样？找一个好一点的男人嫁了，安心工作，结婚两三年，生个漂亮的女儿，给她梳妆打扮，晚上讲故事，周末一家三口出去看风景；不然，还在谈一场马拉松式的恋爱，两人经常商量结婚事宜，却总是一而再再而三地拖拉着；再不然，在心里好好爱一个人，只是爱慕着，没有人知道，但是一想起那个人，心里会暖，嘴角有笑……

无论如何，不会是今天这个样子吧。从乡下回来的余春枝，坐在大巴车里胡思乱想。窗外一片水塘连着一片水塘，水塘的尽头是一片连着一片的稻田，小片的树林郁郁葱葱，一栋一栋的乡野小楼在树林中若隐若现，公路两旁的水杉笔直地伸向并不蔚蓝的天空。

城里的春天已经要接近尾声了。

本来打算路过昆山时去看姐姐，但是见了面，不可避免地要谈到相亲、结婚、孩子，“隔壁吴丽丽长得那么普通去年都结婚了”“王阿姨家的小宝多挑剔春节也结婚了”“三叔家的燕云比你小五岁现在孩子都上幼儿园了”“爸妈为你的事都快愁死了”，不然就是“我们单位那谁我看还不错，正好你来了咱们去看看”，诸如此类。

一想到姐姐可能要说的话，春枝的脑袋就像要炸开一样。干脆直接回单位算了。

如果像姐姐余春燕，其实也没有什么不好，起码家里人不会这样操心了吧。春燕一毕业就和谈了四年的对象分了手，谁都以为她要伤心失落一阵子，没想到刚分手没多久她就和公司的男同事结了婚，结婚第二年生了个女儿。现如今，女儿都上一年级了，一家人其乐融融。

这是父母教训春枝的绝佳榜样。

这并非不是春枝曾经憧憬过的生活。但如今，还说什么憧憬呢？

大学毕业时，还有几天即将离校，春枝在宿舍里收拾东西，室友小雨从外面跑来：“春枝啊，我是来当说客的——那小子请你吃最后的午餐，后天中午。请你务必答应。我可是打了包票的。”

春枝装糊涂：“什么那小子？什么最后的午餐？”

“哎呀，行了，差不多就行了。吴桐让我替他请求你，答应与他一起吃最后的午餐。”

“我不想去啊，都毕业了，还吃什么啊。”春枝的确不想去。

“正因为毕业了嘛！大家将来散落在海角天涯，想见也未必能见得到，人家就这么点要求，好歹也追了你一两年，你总是这个样子。”小雨有些不平似的，“你心那么硬干吗？好歹给人家留一点回忆啊！”

也许一毕业就天涯海角了，是这样的伤感，让春枝决定去赴约。大学里，有个男孩子这样喜欢自己也算不错吧，尽管他不是自己喜欢的类型。被人追求，总还是让人心生欢喜的。

吃饭场面也并不像想象的那么闷。吴桐算是个不错的男生，春枝想。干净、整齐，有点体贴，但是春枝总是觉得哪里不对，也许他们就不是一个世界里的人。后来春枝想，可能是他有点无趣。是的，无趣的男人是很可怕的。但有趣的又应该是什么样子呢？

吃饭的时候，吴桐没有像以前那样动不动就请求她答应他，只和她聊了天气，聊了自己晚上七点钟的火车，还聊了自己的故乡，皖西的一个小村子。

那里很美。

在吴桐的描述中，那是一个山清水秀的江南小村。像闻名的宏村，村口一口方塘，村后青山隐隐，山上长满翠竹，山下是蜿蜒的河流。到了春天，山上开满玉兰花，山下鹅黄嫩绿，村口桃花临水，整个村落像从冬眠中刚刚醒来。

“等到油菜花开的时候，你去我们那儿玩。那儿比宏村好看，简单、干净，没什么人。”吴桐说。

还没等春枝回答，吴桐又说：“你大概不会去。也许我们再也见不到了。”

听到这一句的时候，春枝差点要掉眼泪。她想起从前她也跟一个人说过这样的话。是并不太久的以前，她对自己一直爱慕着的那个人说：“也许我们再也见不到了。”真的到现在也没有见到。

“下午我们去游湖吧。”吴桐突然说。

“好。”春枝回答得很干脆。

吴桐吃了一惊，似乎有些意外，但转瞬就笑起来，开心的样子像吃到糖的小孩子，有些满足又有些羞涩。

于是吃完饭就去游湖，两人肩并肩走着，像刚开始约会的男女。夏天的风凉凉的。走到东湖，吴桐去买了票。两人划着一只小鸭子，在湖面上漂。

远处有一片荷，盛开的荷花在绿叶中摇曳。阳光不是很好，整个湖面上没什么人。两人有一搭没一搭地说话。无非是些闲话。

“你真好。”吴桐忽然说。

春枝愣了一下。

“谢谢你答应来游湖。我会永远记住你。”吴桐说。

这么大了说话却像个小男生，动不动就说永远。春枝心里想笑。但他郑重其事的表情让她觉得这是真的，好像真的有永远。

看着远方的湖水，春枝有些恍惚。

吴桐的脸凑了过来。春枝吓了一跳，下意识地一扬手，又后撤着身子。

小鸭子翻了。春枝只来得及“啊”了一声。

像做了一个梦。

春枝醒来的时候，世界就不一样了。

世界真的不一样了。

那个叫吴桐的人，没了。

那个说“也许我们再也见不到了”的人，真的就见不到了。

说实在的，春枝似乎并不悲伤，只是觉得莫名其妙的痛苦。所有的人都安慰她，替他惋惜，替她庆幸。她什么话都没有说，她并不觉得有什么值得庆幸的，她觉得自己太不幸了。

为什么没有一起救上来？不然，为什么不一起死掉？

那件事之后，春枝一直不停地设想这两个问题。如果一起救上来，她会不会恨他？都是因为他，什么最后的午餐，害得她差点把命丢掉。如果一起死了呢？人们会说些什么？父母会怎么想？一起死了真是说不清楚啊。有一天黄昏，春枝坐在湖边这样想。太说不清楚了，这样不明不白地和一个自己并不喜欢的，甚至连朋友也算不上的人一起死掉，算是怎么一回事呢？

但是现实是，他死了，她还活着。

因为他喜欢她，所以他死了。当她想到这里的时候，心里忽然绝望得厉害。如果吴桐不喜欢她，他就不会约她吃最后的午餐，就不会去游湖，当然，也不会死。

吴桐死后的第一个清明节，春枝和同学一起去了他的家里。吴桐的父母很冷淡，把他们领到吴桐的墓地就回家了，没有和他们说任何话。

那正是油菜花开得最旺盛的时候，四周围，油菜花开在一块一块碧绿的麦田间。天气阴沉，不远处的村落白墙灰瓦，连着迷蒙的远山，安静又简洁，像一幅水墨画。“比宏村好看。”她耳边响起吴桐说过的话。她不由得点了点头：的确比宏村好看。如今，吴桐永远也不会离开这“比宏村好看”的地方了。

吴桐的墓地在一块油菜田里，已经不是新坟的样子，坟四周有折断了的油菜秆，艳黄的花粉随便地散落在潮湿的泥土上。坟上长着绿油油的青草，青草间夹杂着一些细小的野花，坟前有一堆灰烬——他的父母，或是旁的什么人，已经来看过他了。烧纸的时候，春枝离火很近，湿烟飘上来，呛得她连声咳嗽，眼泪也流了出来。借着烟和火，她索性好好地哭了一场。

这个世界真的太过莫名其妙，什么样的偶然事件都能改变一个人的命运。

在他死后的长久岁月里，她心里恨过这个死去的人：为什么要喜欢我？为什么要死掉？她也恨过小雨：我明明不想去，为什么要劝？为什么要说什么天涯海角的话？

她更恨的其实是自己。

但是哪有那么多为什么，事情就那样发生了。

她也经常安慰自己，这是命，都是吴桐命不好，跟自己有什么关系？自己不过是心软不想伤害别人而已。

但是没有用。

她在心里把自己恨了一千遍一万遍。

要是死的是我呢？春枝也这样想过。父母会不会怪吴桐？一定会的。于是她想象自己死了。第一个想到的就是父母的悲痛。她不能想象，他们哭泣的脸、悲痛欲绝的表情，白发人送黑发人啊，谁能接受这样的悲剧呢？她一想到死亡和死亡后父母的悲痛，她就要哭，仿佛自己真的死了。

是的，这样的想象，让她悲伤，更让她绝望：她没死，死的是吴桐。

一想到吴桐父母，想到他们没有表情的脸，春枝的心就像被什么狠狠地揪住似的疼。是真的疼，她的疼在心里，表现在肢体上，额头上冒汗，手不停地抖。

过一段时间就好了。春枝对自己说。

春枝尝试过谈恋爱，工作两年多，认识一个男的，互相都有好感，但是当他稍微有点亲密的举动时，春枝就很害怕。于是恋情也很难维系。

当时在湖上，那凑过来的吴桐，是想亲吻她。正是她的慌张导致他们落水，所以吴桐死了。

那次所谓的恋爱后，春枝再没有恋爱过。甚至连喜欢的人都没有。关于从前那个人的记忆早就变淡了，回忆中甚至找不到那个人一丁点儿的影子。只是午夜梦回时，春枝仿佛能感受到来自遥远的那个人的一点点温柔的爱意。而事实上，那个人并没有爱过她。

是的，连喜欢也没有。

春枝也梦见过吴桐。

有时候是他们面对面坐在小船上，湖水荡漾，凉风轻柔地拂过她的胳膊和发梢。吴桐笑意盈盈，就在对面端坐。她看他笑，自己也笑，仿佛一对甜蜜的恋人。

有时候，是上课时，春枝在教室里心不在焉地听课，窗外大雪纷飞，玻璃窗边出现吴桐的脸，他手里扬着淡灰色的信封——那是他写给春枝的信。

这样的时候，春枝会有片刻的错觉：吴桐明明死了啊，可是为什么我还会见到他——哦，那死亡原来只是个梦。她有种如释重负的感觉。但醒来后，沮丧更深，绝望也更深。

更多的时候，是湿淋淋的吴桐悲伤地看着她，嘴里喃喃着，不知道在说些什么。

有一次春枝梦见初中时喜欢自己的男生。梦境中是回乡的路上碰到他，他还是当初的小个子。他邀请春枝到他家里去。他一边抱着孩子一边打扫庭院。那庭院中，有一棵巨大的枣树。她站在门口一边尴尬地逗他的孩子玩，一边听他淡淡地说话。临走时，伴着孩子呜呜咽咽的哭声，他忽然告诉她：这么多年了我还是喜欢你的啊。

夜里醒来时，窗外的天黄黄的，一场大雪在落。春枝难过得想哭。如果吴桐还活着，过了这么多年，他会不会还喜欢她？他会不会从一个文弱的男生长成一个油滑的男人？多年后，他会不会腆着啤酒肚在同学聚会上害羞地冲她微笑？他的心里还会不会“保存着一块温柔之地”给她？她不知道，她永远不可能知道了。

如果是我死了呢？春枝想，这么多年过去，吴桐还会喜欢我吗？也许是爱？

吴桐并不是没有说过爱。他写给她的书信里，不止一次地说到过爱。

“我是爱你的啊，余春枝。如果你爱过一个人，你就会明白我的爱。”

春枝何尝不知道爱一个人的滋味，尤其是当那个人并不爱她的时候。到底是年轻，爱就奋不顾身，甚至不惜把自己拼命往卑微里放。爱的最终目的是想得到，得到与之同悲共喜的权利，他快乐，你欣喜；他悲伤，你哭泣……如果是现在，春枝不会那样幼稚，她要爱的那个人，不管爱不爱她，她得要他不管什么时候想起她来，都会觉得骄傲：是的，我被一个人如此爱过，我被她爱过，我并不觉得羞耻。

这是春枝如今的爱情方式。但是已经太迟了。

在吴桐死去的这段漫长的时间里，她似乎渐渐丧失了爱的能力。她不能够对任何人动心，不能尝试去爱一个人，关心他，对他体贴入微，不能让自己的生活和另外一个男人联系在一起。

她恨死了那个死去的吴桐。

“有一天，你想起我的时候，会不会觉得温暖？”吴桐在信里这样写过。

“无论如何，在我心里，永远为你保存着一块温柔之地。”吴桐也这样写过。

“即使将来我仍然无法得到你的回应，我也一如既往……”吴桐还这样写过。

他表达爱意的方式让春枝心存感激。这个世界上，通信如此发达，有电话、电子邮件、聊天软件等等，谁还用一封封的信表达情意呢？那些信，用淡灰色的信封装着，一封封被细心地用胶水封口，每封信都贴了邮票，只是没有送往邮局。

“我怕丢。”吴桐在一封信中解释过。那些信有一部分是小雨带回来的，大多数是吴桐自己送来的。他们在一个院系，不在一个小班，他知道她什么时候上什么课，坐在哪里，他趁她不在的课间，悄悄地把信塞进她的书包里，夹在她的课本里。

不是没有感动过，但说到底，他不是春枝喜欢的类型。作为一个男人，吴桐似乎过于柔弱，并不是外形，那是一种她说不上来的感觉。

吴桐死后，春枝才有时间去想，也许就是这种细心——担心邮局会将书信寄丢的细心，让她觉察到他的柔弱。信丢了就丢了，有什么大不了呢？一封信要跨越千山万水，一路上经过陌生的风景，经过陌生人的手，也许被弄丢，也许被弄脏，也许被人拆开，当然也可能安然无恙地到达收信人的手中，带着一路的风尘仆仆，带着写信人饱含期待和惊惶的心……这无限的可能才是它必然的命运。

万无一失，那并不是一封信的常态。

闲来无事的时候，春枝会翻吴桐写的信。她想象不出，一个男孩子哪来那么多的时间安静地写信，表达爱意。那些信是在哪里写的？春枝不知道，她只好猜测，也许是五月的黄昏，风送来香樟的芬芳；也许是夜晚，室友们喊他去玩游戏，他却端坐在书桌前写下温柔的句子；也许是教室里，老师在讲课，他坐在最后一排写个不停；也许是在他那个“比宏村好看”的小村子里，在他白墙灰瓦的老房子里，在春天油菜花盛开的小河边，在村后山中的竹林里……

陷入这样的沉思，春枝会突然忘记信的内容，她看着纸上一个个的汉字，脑海里想到的是彼时写信的吴桐：写信的时候他在想些什么？那遥远的很可能没有结局的爱恋于他而言意味着什么？那没有回应的爱啊，会不会让他伤悲，让他落下眼泪，甚至让他心碎？

春枝永远不可能知道了。

这七年，春枝渐渐断了和同学的联系，一切能让她想起吴桐的关系，她几乎都断了。但这并不能让她不去想起他。相反地，想起吴桐的次数越来越多了。

有一段时间，迫于家庭的压力，春枝去相亲。父母直接介绍的，亲戚介绍的，父母的朋友、朋友的朋友、亲戚的亲戚介绍的，还有姐姐的同学、同事介绍的……周末、放假，甚至是下班时间，她都要去相亲，马不停蹄。

仿佛不相亲她就找不到对象，不相亲她这一辈子就要孤独终老。尽管从目前来看这个结果是可能存在的。

当然，也不是没有满意的：相貌、工作、家庭、彼此的适应度，真的有恰好合适的。相亲这种传统的方式有它的优点：经过了很多层社会关系的筛选与过滤，能够彼此相见的，在某种程度上说都是有成功的可能性的，这种可能性是对双方来说的。

那个王阿姨的好朋友的姐姐介绍的小王，就是春枝某次的相亲对象。平心而论，小王是个不错的小伙子，要长相有长相，要学历有学历，工作也很稳定，虽说家庭条件不是很好，但是人很能干，又稳重，比一般人成熟，也不无趣。

这些，是春枝在与小王长达两年的交往中了解到的。

小王是一个合适的结婚对象。

没有钱怕什么？两个人有手有脚，有相对稳定的工作，总有一天会有自己的房子、车子，会有可爱的孩子，会有幸福的生活……一切都会有的。

有一阵子，春枝觉得两个人是可以这样相处下去并且最终结婚生子携手到老的。春枝的确这样努力过。

但是怎么说呢，那段时间，两个人相处得不错，小王会让她笑，也会让她失落；她也关心他，一阵子不联系，也想念。

她也时常努力不去想那个死去的人。

只是每当小王要亲吻她的时候，往事就像电影一样涌现在她面前。吴桐靠近的脸，她伸出遮挡的手，七月的湖水，摇曳的荷花……

什么时候能够心无旁骛地恋爱、结婚、生孩子，就像所有人一样，也许吵架、分手，也许平淡无虞过完一辈子？

那个小王，并不知道她的“故事”——或者叫作“事故”，她也不打算告诉他。但是，她有种想与之结婚的冲动。她甚至觉得她的“故事”是虚妄，而结婚能将这种虚妄吹散。而且，想和一个人结婚，难道不是某种切实的诚意？更何况她并不曾爱过吴桐，她也不曾做错什么，那一伸手的遮挡亦不过是她下意识的动作，他死了，是他的命。

对，就是他的命。春枝这样告诉自己。

但是偏偏他要死在她的面前，偏偏他要死在与她相关的事件里，偏偏要她经历他的死亡！这是吴桐的命，也是春枝的命。

命如此，还说什么呢？还能做什么呢？

如果她死了，吴桐会陷入新的爱情里，会结婚生子，会平安地老去。也许有一天他坐在老家的院子里，望着屋外隐隐的青山，望着湖水上残留的枯荷，他会想起她，就像他曾经在信里写过的那样“一如既往”。他会想起她是死在和他约会时，他会有些悲伤，也许还会想哭，但他的孙子远远地跑过来，他会立刻露出慈祥的笑容，瞬间忘记了悲伤……

春枝不是没有这样设想过。谁会责怪他呢？也许每逢她的忌日，吴桐还会写情真意切的信，去她的坟前烧掉，像苏轼“十年生死两茫茫”那般。但苏轼写着悼亡词的时候，新欢也照样在身旁。那有什么呢？人们没有说他薄幸，只说他情深。是的，“从此无心爱良夜”的李益不也照样该娶妻娶妻该做官做官。也许前几年的清明，他还会好好地怀念她，去给她添一捧土。等到岁月慢慢地流逝，他偶尔想起她，也许会和相爱的妻子说起她，也许还会带着他的妻子去给她上坟，指着这一堆黄土告诉身边的人：看，躺在这里的，是我曾经爱过的人。

死者为大，任谁再小气，还会嫉妒当年呢？谁还会与一个死去的人争风吃醋呢？

吴桐将怀着悲伤幸福地活下去。

多年以后，谁还记得当时的事呢？谁还记得一个无辜的春枝死在夏天的湖水里呢？

但是，事实是吴桐死了，而这个胡思乱想的春枝还真真切切地活着。如此揣测，而且并不全是善意地揣测一个死去的人的心意，未免有些刻薄，但是谁能猜得出那些从未发生也永远不可能发生的事呢？

春枝想忘记他，但每到春天要来的时候，她总不由自主地想到那乡下去。她明明不愿意再与这个人有任何关联，但一到那个时候，好像有某种奇怪的力量让她非去不可。

也并不只是去看吴桐。有一年，她坐车到了那个村子，在村外的河边走了很远。那是一条温和的河流，河水清澈，水底的鹅卵石不知道在那里存在了多少年，春天的河水在阳光的照耀下明朗而温暖，一小丛一小丛的芦苇新鲜细嫩，偶尔一两只水鸟，在芦苇丛中飞过。

那河水不知道要流向哪里，吴桐应该是知道的吧。

在河边，春枝仔细辨认吴桐的坟地，但面对那绿油油的麦地和油菜田相间的田野，她实在不知道哪一块地里躺着吴桐。

这一年的春天春枝去得早，在一个阴沉沉的早春日子。不知道是谁在吴桐的坟前种了一株桃树，一株枝丫凌乱的小桃树，花骨朵儿新鲜饱满，仿佛下一个瞬间就要绽放。

春枝在坟前站了很久，直到风起，雪花一片一片地飘。她想起大一期末考试结束，也是大雪纷飞，她在雪地里慢腾腾又莫名欢喜地往宿舍走。身边忽然有个声音：咦，你怎么没有带伞？接着，一把伞伸了过来。春枝转头：啊，那正是自己心仪的男生。他撑伞将她送到了宿舍，她心里的欢喜难以名状。此时此刻，在别人的故乡，在下雪的旷野，飘落的大雪将她一下子送到了许多年前。那一刻，春枝忽然泪如泉涌。

就是那一刻，春枝决定，回去接受小王的求婚。

雪越下越大，纷纷扬扬的大雪里，在那桃树的一根枝条的底端，一朵桃花，端端正正地开了五瓣。

平地波澜

我在云贵高原上疾驰的列车里想念你。

傍晚吃饭的时候，陈莼的手机响了，一个陌生的号码发来短信如是说。陈莼有些诧异，谁发错短信了？这么浪漫，还在疾驰的列车里想你。晚上洗脚的时候，陈莼无聊翻手机，想起那条短信，于是回短信说：你发错了。刚把手机放下，那号码又来短信了。

此刻，风声呼啸，窗外的黑是真正的黑。远处什么都没有。我想你。

陈莼的心忽地有些悲凉，这种情形似曾相识，她在想：这是谁？我认识吗？

陈莼回复：你是谁？

短信说：车厢里空荡荡的，他们睡着了，而我醒着，醒着的还有被我喝了一半的酒。何以解忧，唯有杜康。我仍十分想念你。

啊，这真是挑衅。陈莼回复说：那么，我也想你。

没有短信发来了。

陈莼躺在床上，很久没有睡着。火车的轰鸣声和车轮撞击轨道的有节奏的声音一阵一阵在脑海里翻腾。

“我乘坐的火车正经过你的城市，此刻窗外的黑像海。”她想起了曾经看过的诗句。这或许也是一个关于火车的故事，人们说，有故事的人是幸福的。事实上，每个人都是有故事的，但很明显，不可能所有的人都幸福，或者不能像想象中那样幸福。

陈莼不知道自己是不是幸福的。她在长江边的那个工业园中做宣传员。“五一”、元旦、春节时，做几张宣传纸张贴在宣传栏中，或者某个领导来视察，跟在后面拍几张领导亲切走入车间的照片，报到公司总部的编辑部，便是头版头条的好新闻。

如果从强度方面说，工作还是可以的，但是没有假期，没有假期给人的感觉是十分乏味和漫长的。陈莼觉得自己的一生都是这样的乏味和漫长，但是又找不到其他可以不乏味、不漫长的工作。

每天车间里走走，有时候就干脆待在办公室里，对着电脑发呆或者打牌。鼠标其实只是在机械式地移动，她并不知道自己为什么要钟情于这种无聊而又无味的游戏。但是，除此之外，她也找不到合适的事。是啊，就像有人说的：不安于现状，又不奋发图强。有时候看书，看几句“谁念西风独自凉，萧萧黄叶闭疏窗”，或者是“天下人何限，慊慊只为汝”，她想，为何只为汝呢，想想就觉得十分沮丧。

就像曾经的那个人。

这样的时刻，陈莼总会有意无意地想起那个人。

听起来似乎有种淡淡的惆怅。她自己也不知道怎么去表达、去描述，就像有一晚她曾在大门外面看见的月亮：西天里，淡黄色的月，弯弯的模样，像极了他的面容在回忆之中渐渐淡去的情境。

在没有他的那些日子里，她经常有这样的感觉。做梦都会梦见自己在很用力地想念一个人，而这个人却不是十分分明，看不清楚眉眼，听不清楚话语。只是知道，他曾经与她小心地说话，曾经与她讲过某些过去的事情。

清晨起来，有一条未读短信。

那个人说：天渐渐地泛起光亮了，从朦胧的浅紫到淡淡的微蓝。苍茫的天空啊，正如我的心。

陈莼的睡意被这一个略带空荡之感的短信驱散了。

洗漱完毕，陈莼走路去单位。路边的一株枇杷树，长满了淡青的带着绒毛的果子。她想起高中学过的课文：“庭有枇杷树，吾妻死之年所手植也，今已亭亭如盖矣。”不知为何，无论在什么时候看见枇杷树，她脑子里冒出的就是这一句。归有光的那篇散文，真正地让她心里触动。她默然：树犹如此，人何以堪？

上班，把该处理的事情处理一下，陈莼想起那个陌生号码发来的短信，就翻开来看，反复地看着。这几句话，她越读越伤感。正发呆，手机被抢了去，她一惊。原来同事见她拿着手机发呆，就抢过来看。他们跟她开玩笑说：“陈莼，交男朋友了呀。这是谁呀，这么酸。”陈莼大叫着夺回手机，敷衍了几句。

然而此时，短信又来了。

我到了。这是一个蓝的城市。

但是，到了哪儿，短信并没有说。云贵高原的列车是从哪儿开到哪儿？是出发还是归来？陈莼没有再回复。

这个发短信的人，有时来消息，有时消失好几天。陈莼的生活好像和以往有了些许的不同。她并不知道，这是改善还是变得更糟。她开始想很多事情，有一个时刻，她竟然问自己生命的意义。

但是，这样的想法也是转瞬而逝的，陈莼仍旧日复一日、按部就班地上班下班，吃饭睡觉。有时也出去走走。春天刚刚过去，天气偶尔闷热。每个傍晚，她都在江堤上走一走，有时一个人，有时和同事一起。江堤的左岸是杨树林，杨树林边就是长江。树林中有人踩过的痕迹，但此刻浸满了江水。荒乱的杂草在水中半露着，分明可以看出哪里曾经是路。江堤的右岸是三三两两的人家，几户高楼，几户平房。右边通向江堤的小径有许多，曲折幽深。桃树上挂满将熟未熟的桃子，还有栀子花丛，花骨朵儿已经准备了很久，但是一直没有开放。陈莼说不上喜欢或者不喜欢这里的环境。住在这里的人们，一出门就能看见长江。长江的水涨水落，长江里漂流而至的枯木，长江里的沉船，长江里所有美好的不美好的爱恨离愁……

这是好还是不好？见识多了就很麻木。如今，谁还会对着长江唱一首《卜算子》？谁还能对着江北的人说，江南无所有，聊赠一枝春？在这样的想象中，日子已经过去了大半，而那个人的短信已经很久未至了。她也奇怪自己并没有想起它。只是偶尔会翻翻旧时的信息，翻到了就发一会儿愣，但是并没有想新的为什么迟迟不来，是暂时不来了，还是永远不来了。

再收到短信的时候，已经是夏天的末尾了。陈莼的整个夏天都是在昏昏欲睡的倦乏中度过的。

那个人说：天上的云此刻异常洁白，散在空中，一层叠着一层，看上去像是在那种有纹路的纸上用微硬的毛笔轻轻扫过的样子，然而，又不是洇湿的。在一片蓝一片白之中，你说，云朵和天空有什么关系呢？

短信来的时候，陈莼正走在下班的路上。太阳还未落，天很热。她一手提着买回来的菜，一手撑着伞，肩上还挎着包。看完短信，她下意识地抬头看了看天，淡灰色的天空中有一些更灰的云朵。她突然一阵厌恶，她讨厌这时不争气的天。其实这儿的天并不都是灰色的。偶尔，夕阳西下的时刻，长江上泛着金色的细浪，对面的高大烟囱里有白色的烟袅袅娜娜地往西天的云端飞去，而太阳的光从云朵中散落，江边的杨树林也有了异样的光彩，那也是一种美好得让人感觉生活仍有意义的景致。但此刻不是那样，天气闷，又不像是要下雨的模样，太阳时隐时现。那淡灰色的天，始终淡灰着。

江中，硕大的轮船载着货物，缓缓而过。有一次下雨，江上的几艘货轮不约而同地鸣响了汽笛，浑厚的、低沉的又有点沧桑的汽笛声在初夏的傍晚让人不由自主地悲戚。陈莼想，他们晚上要在江中眠去，在这风雨之中的轮船上入眠，安稳与否？他们是想着生活之美呢，还是苦？还是什么都不想，就如同我们在陆上？

陈莼太善于联想，这个黄昏，因为这个短信，又有了悲戚的理由。她突然觉得此刻自己是不应该在这里的，她应该也坐在云贵高原的列车上，在火车飞驰的夜晚，望着黑暗似海的窗外，认真却又淡淡地想一想某个不在场的人。那个人在何处？身边有没有让他哭亦让他笑的人？心中是否还有一面雪白的墙，和墙上一抹藤蔓的翠绿？她想，那个人是否还有一点往日的情怀，对着一片云，黯然神伤或者满怀欣喜？

生活平淡无味，只好多想想。但是，想来想去只是给这种平淡增加厌倦，给这种无味增加反感。不过陈莼还是善于自我安慰的。

但是，这短信一旦来了，生活就不再是原来的模样。陈莼的心里不知从什么时候起种下了一颗想要逃离的种子。

那个人说：六月的薰衣草真美。远山洁白，白杨葱绿，薰衣草田里是无尽的紫，你告诉我风是什么颜色。

六月的薰衣草。在哪里？陈莼在电脑上搜索。薰衣草，世界三大产地：法国普罗旺斯，日本北海道，中国伊犁。应该是在伊犁吗？

陈莼回复说：有一天我也会去看的。

语气硬硬的，像是跟谁在赌气。

是啊，薰衣草是多么美好的一种植物。偶像剧的渲染，言情小说的挥霍，让那紫色海洋一般的薰衣草承载了太多有关爱情的相濡以沫和爱恨离愁。可是，真正的薰衣草又表达了怎样的心情呢？它们从遥远的普罗旺斯，或许别的什么地方，跋山涉水，在温柔湿润远离大海的伊犁河谷安家落户。它们在农人的呵护下用心长成一片大过一片的紫色，或许并不是为了奉献它们的色、香、味、形。它们在春天的雨露中舒展肢体，在夏天的阳光和大风中长叶抽穗，在蜜蜂蝴蝶的环绕中吐露芬芳，它们还看着身边的野喇叭花开出与它们不同的姿态……它们的快乐，或许只是在和风中生根、发芽、开花、结子，哺育一棵又一棵芳香的女儿。它们也许并不想像人们所赋予的那样，代表爱情，代表等待，代表所有已知未知的疼痛或者欢愉。

那个人说：赛里木湖的蓝色让我想起你，你的眼睛里就有这样的蓝和忧伤。雪山洁白，在远方，有人骑马从湖边走过。我多么想拥着你，一起骑马到遥远的天边去。

这个人太可恶了！

陈莼忽然讨厌起这个人来。是这个人暧昧不明的言语，无关痛痒又似乎千丝万缕的柔情勾起了陈莼对现今生活的不安。

可是，陈莼并不真正排斥这样的信息，这样的言语。短信来了，她有时候回复，有时什么也不说。可是什么也不说的陈莼，内心却如春天里被第一声春雷惊动的蛙鸣虫影，身心复苏，蠢蠢欲动。她仿佛觉得真有那么一个人，在遥远的地方，无时无刻不在思念自己。那个人，风吹云动，雨落雪飘，都会想起自己。而且无论什么时候，只要自己下定决心，随时可以和那个远方的人，像古时的雌雄双侠，隐匿江湖，从此长相厮守，白头偕老。

你在想些什么！陈莼从自己的想象中跳出来，突然笑话起自己来。

然而，这样的梦，并不是没有做过啊。

陈莼这样想多了的时候，就会想起万松落来。

说确切一点，是想起在学校里的最后一段时光。和万松落谈恋爱的时候，都接近大学毕业了。他们是在招聘会上认识的。两个人，两个学校，在同一个单位的招聘隔间里排队等着递交简历。

刚走出招聘会场，手机就来了一条短信：陈莼你好，我是排在你后面的万松落。能和你一起吃个饭吗？

她交了简历，他随后跟上，就看见她的简历、她的电话。啊，就是这样认识了。旁人是大学毕业忙着分手，他们倒好，忙着谈恋爱。

陈莼并不介意这世界的气氛都是相反的。周围空气里总是有离别的味道，学校的广播里一天到晚都是播音员师弟师妹一厢情愿地渲染离别情绪。本来没有什么伤感之心的她就更加烦躁，却又无可奈何，最后只好一笑了之。那些花儿本来就要散落在天涯，为什么要这样矫情呢？

大家都很忙。考研的，考公务员的，找工作的，整个世界人仰马翻似的尘埃沸腾。陈莼一天到晚，不是去招聘会，就是忙着约会。两人一起找工作，总是有个照应嘛。陈莼这样想。而且，最重要的是，万松落并不让人讨厌。

但是，说有个照应，其实也真不好照应。两个人，去应聘不能去同一个岗位，也不能进同一家单位。但是，有什么关系呢，毕业还早，这些都只是试验。陈莼这样安慰自己。

对找工作，陈莼并不是很热心。大学毕业，做什么不是做，总不至于会饿死吧。她又挑，千方百计想留在念书的这座城市里。这座城市有什么好呢？万松落问她。

陈莼说不清楚。可是潜意识里，她觉得世界上最美好的地方莫过于此了。芜湖是一座多么美好的城市啊。这个美好的名字，读起来都会有某种柔软而亲切的感情。如果她是这座城市的孩子，她一定会很爱很爱它。她将永远感激那些遥远的先辈，给了这座水边之城一个如此优雅的名字，芳树鲜美，水草丰茂，波光潋滟。它叫人浮想联翩，叫人永远怀念。

更重要的是，在这里她度过了四年的青春岁月。这个学校和城市一起，也逐渐美好起来了。这是她记忆最深刻的地方。在这里，每一条小巷子，她都走过，每一座山，她都去过，山上的每一种树的名字她都知道。她知道，在花园街后的拐角处，有她最爱吃的梅花糕；双龙巷的小铺子里，能淘到便宜又好看的衣服；靠近地下通道的书店中，总会有她钟情而又价格合理的小书……她知道，这座城市几县几区，分别是什么县，又分别是什么区。她知道这个城市最闻名的特产，最著名的人物，最悠久的历史。而她生活了十七年的家乡算什么呢？除了高考，她甚至连学校之外的地方都没有去过。印象里只有自己出生的那个小村子。家乡，只是一个模糊的名词罢了。

可是对着万松落，她说不出来。她知道，她一说出来，他必定会说：这小地方，人少心狭，也不发达，真不知道有什么值得留恋的。青春从此过去了，可是什么也没有收获，还留恋什么呢？这样的小打小闹、小情绪、小心思，能成为热爱这座城市的理由吗？

万松落学的是文秘，陈莼也是。可是万松落还会写诗，陈莼不会。万松落会用手机写诗一样的短信发给她。她只能回复哈哈、呵呵，要么嘿嘿。

可是他并不像一个真正的诗人。陈莼不知道真正的诗人应该是什么样子，但是她知道，这样的万松落并不是她心中诗人的形象。他大方、俏皮，他开朗，有时又带点狡猾，不是那么容易贴心贴肺。他不喜欢这座小城市的幽静与平和，他找不到人们心中最柔软的地方。他终于在他的故乡找到了工作。

并没有谁说分手，可是，这样的事情是明摆着的，渐渐地断了联系。而陈莼终于蹉跎到学校封校，才在校外找了一个住处，专心地找起了工作。

就是现在这一个。

这个工作最大的好处是离念书的地方近，隔江相望啊，坐汽车一个小时就到了。什么时候想回去看看，就可以回去。一个半天，几个来回都可以了。

但是，毕业两年多，陈莼并没有回去过一次。每次想的时候，陈莼觉得为难，不知道为什么要去那个地方。就像仍在深爱却已经分手的恋人，见或不见都没有什么恰当的理由。

湖边的花全都开了。我在青草深处。如果此刻你在，该有多好！

那个人的短信又来了。

陈莼一咬牙：好，你等着！

陈莼好像忽然下了决心，一定要让这样的生活告一段落：我不能总是在这样的地方待着，我要出去，去云贵高原，去西藏，去新疆。去看云，看天，看花，看青海湖水……

心仿佛脱缰的野马，一刻也拴不住了。

陈莼递交了辞职报告，一个月后，收拾行李，走人。

也不知道因为什么，仿佛那个人的目的达到了，自从陈莼决定辞职那一刻起，那个人再也没有来过短信了。不，也许来过，陈莼已经忘了。一旦作了决定，她好像并不在意是否有过这么一个人在某个地方暗暗招手了。好像这个人的出现，就是为了叫她离开此处，去做一些别的决定。有一瞬间，陈莼不确定究竟有没有这样的一个人存在，究竟有没有收到过这些短信。也许，从来就是她一个人，她虚构了那个人，而她和虚构的那个人，相爱着。

但是，那一个月真是太难过去了，陈莼心里又焦躁又激动又有点不安，做事也不能专心。有对未知的害怕和迷茫，独自静坐的时候，想到未来，也会有那么一点忧惧和不安：都已经毕业两年多了，该确立的事也应该有些头绪了，可自己却还像个孩子，冲动而不善于规划打算。

这是二十五岁的年纪。她想到母亲，母亲在这个年纪的时候，自己都已经好几岁了。她又想到中学时的好朋友，在这个年纪，那个朋友的孩子都已经会走路了。转眼一晃，在学校了，她又比别人多晃了几年。可是这几年之中又学到了什么呢？在这几年中，庄稼一季一季地生长，老家的路也修起来了，煤矿也建起来……夜晚再也不是四处寂静，一片漆黑。别村的狗叫声都能听得十分清晰的夜晚一去不返了。煤矿上大探照灯整夜地亮着，星光都黯淡了许多。

老家的人，生老病死，迎亲送嫁，很多人都不认得了。从前，哪一个人陈莼不认识呢？不要说是自己村上的，就连别的村子的人，都认识很多。十里八乡路上碰见，都说，哟，这不是老陈家的闺女吗……可是现在呢，人们说，这是谁呀？怎么没有见过？

想到这里，陈莼忽然有一种无力感，好像没有了根。也许并不是不爱那个地方，只是离开的时间久了，故乡再也认不出自己的模样了！从前的伙伴去念书的，就和她一样，散落在天涯，不念书的，都早已为人父母了。再见面，也不知道是什么心绪，不知道说些什么好。祖母去世好多年了，她每次看见和祖母一样年纪的老太太，就莫名地想哭。

已经回不去了，再也回不去了。

陈莼只能这样了。辞职后，她去了一趟学校。

也不是原来的模样了！学校东边的那一片桃树林上建起了房子，广告语就是：面朝大海，春暖花开。陈莼觉得悲凉。他们是否知道，那个这样说的人，在春暖花开的时候永远地离开了。他们是否知道，这愿望里的美好永远带着不能实现的悲凉。你们有什么资格说面朝大海，春暖花开！陈莼在心里喊。

这座城市发展起来了，从前万松落所说的狭小、不发达都已经成为历史。短短的两年啊，这个城市雄心勃勃：要建成国际化大都市！

多么激动人心！可是陈莼的心里有种说不出的难过。这世界上究竟有没有一个地方，一点也不想向前发展，一切按部就班，从前是什么样子现在还是那个样子？

可是，这又是什么怪异的想法啊？陈莼问自己，如果真的有这么一个地方，自己这一颗不安分的心就会稳稳地沉在那里吗？没有电，没有通信，什么现代化的东西都没有，你会爱上那里吗？一想到实际的问题，她就认输了。

而心里还是有一丝狡辩：也许有那么一个地方，至少，在我想回来的时候还能再回来。

可事实是，并没有哪一个人哪一个地方，会在原地等你回来。

秋意浓

上到第三层楼的时候，肖夏忽然想起来要买牛奶。

“别忘了买牛奶！”早上出门走到三楼，还听得到南黎的叮嘱声，以至于整个楼道都充溢着南黎那充满倦意的大喊。“别忘了买牛奶！”这六个字一整个白天都在肖夏的脑袋里乱窜，可偏偏下班的时候忘了。

已经上到三楼，肖夏实在不愿意再折回遥远的小区门口买牛奶。儿子也没必要每天都喝牛奶呀！米糊也是可以的。肖夏心里想着就到了家门口。

肖夏掏钥匙的时候，就听见儿子的哭声和南黎含混不清的安抚。听见门响，南黎头也不抬地说：“宝贝不哭了，爸爸回来了。爸爸回来喝牛奶啦。——把牛奶放在小锅里，你看着煮，不要溢出来了！好好，不哭了。我们宝贝饿了呀，妈妈知道的，马上就能喝牛奶了。不哭了不哭了。”

肖夏看着南黎凌乱的头发、肩膀上快要滑落的衣领，没来由地一阵厌倦。他立刻对自己的这种厌倦感到羞愧。“刚刚忘记买牛奶了。我现在下去买！”还没等南黎发火，他便放下包，立刻转身出门去了。

牛奶买回来，倒入锅里，开小火。肖夏盯着锅子，淡蓝色的火苗闪动，仿佛沙漠深夜冰蓝色天空下燃起的篝火——但它们都不过是白天的蜃景罢了。肖夏的脑海里串起了这样分明的逻辑。

牛奶不可避免地溢了出来，贴着锅子的部分泛起了焦黄色，一股好闻的煳味在厨房里飘荡。

“烧煳了?!”南黎尖利的嗓音几乎和煳味一起出现。声音划过厨房的玻璃推拉门，仿佛从玻璃门上钻出了无数的细孔，每一个孔里都有一个南黎在说话。

“让你看着，看着还能烧煳！脑子里成天在想什么?!”南黎怒气冲冲地拉开推拉门。肖夏正在用抹布把灶台上溢出的牛奶抹干净。半锅牛奶只剩下了锅底。

“不让你盖盖子又把盖子盖上！叫你做点事怎么那么难!”

孩子已经不哭了，坐在地上啃一块拼图。南黎一边吹着所剩无几的牛奶，一边一把把拼图从孩子嘴巴里拽出来。大约用了一些力，孩子又哭了起来。

“哭哭哭!”南黎把牛奶喂给孩子，自己忽然也哭了。肖夏装作没看见，去厨房炒南黎早已切好的菜。

南黎一边吃饭，一边哄孩子。看着南黎手忙脚乱，肖夏像个局外人，想伸手帮忙，又不知从何做起，手足无措。惭愧之情一时涌上心头，他只好低头扒饭。

侍弄好孩子，南黎满腔怒气似仍未消，乒乒乓乓地收拾锅碗瓢盆，又将沙发上乱丢的衣服收拾起来。看着南黎的身影来来回回在客厅、卧室、卫生间穿梭，看着她把衣服挂进衣柜、放进洗衣机，肖夏一时有些茫然。百无聊赖，他只好低头继续看他的手机。

“一天到晚就盯在手机上，手机是你老婆还是你儿子?!”南黎气势汹汹的声音忽然到了跟前。

肖夏抬起头，看着她嚅动的嘴，轻轻地说：“我们离婚吧。”

“啊？你说什么?”南黎怔住了，仿佛没有听清楚。

“我们离婚吧。”肖夏又平静地说了一遍。

“离婚？为什么?”

“不为什么。”

“不为什么，干吗离婚?”南黎竟忽然笑了起来。

肖夏看见她笑得眼皮都耷拉下来了，眼角的皱纹仿佛一下子涌上来似的。以前怎么没发现南黎有这么多皱纹，她也不过三十五岁而已。顺着她的笑，肖夏又仔仔细细看了看她的脸。这张脸天天见，却仿佛第一次看见。南黎的额头宽大，额角几粒黑痣十分明显，其中一粒痣上长了几根淡色的汗毛。——这汗毛是几时长出来的？真难看！他心里忽地生出一阵嫌恶。她的眉毛杂乱、稀疏，从不修理——这倒也没什么。眼睛上的细纹一条摞着一条，细细的，像微风悄悄地吹过薄沙之上的浅水。眼睛不用说是暗淡的，此刻因了她笑意还未收回，眼角弯成了向下的月亮。月亮的弧形之下，是眼袋，眼袋上有几个明显的脂肪粒。她的鼻子是厚实的，鼻翼上长了一颗痘，又红又肿。肖夏盯着她看的时候，她仿佛有些不自在，用手摸了摸那颗痘。

肖夏收回了目光。“离婚，我说的是真的。”他又强调了一遍。

“你外头有人?”南黎瞪了瞪眼睛。

肖夏摇了摇头。为什么每一个被丈夫提出离婚的女人总是首先怀疑有了第三者?

“我不信。”南黎忽然想起来什么似的，“是你那个师妹！姜宁宁！一定是的!”她尖叫起来。

师妹姜宁宁？自然是有的。但为了她离婚尚不至于。肖夏在心里说。他尚未愚蠢到为了另外一个女人而离婚的地步。

至于姜宁宁，肖夏也觉得很是厌倦。也并不是对女人这一性别的厌倦，大概是对一切：对无比琐碎而单调重复的生活，对庸碌而没有尽头的无效工作，对无聊而没有内容的人际交往……这么说来，他仿佛患上了抑郁症。

想到抑郁症，他又嘲笑起自己来了：我？肖夏？抑郁症？开什么玩笑？他只不过是厌倦和人们待在一起。他对以后的生活充满憧憬，甚至在脑海里刚冒出离婚念头的一瞬间，他就已经规划了一个完美的生活前景。那前景里包含着对自己的过来人似的警告：一定不可再结婚，一定不可再生孩子。

姜宁宁并不要求跟肖夏结婚。肖夏有一次开玩笑问她，姜宁宁用她一贯淡然的口气说：“你很难和一个很爱很爱的人结婚啊。”肖夏心里忽然涌起一阵伤感。也就是在那个时候，他明白，姜宁宁其实并不爱自己，自己对她，自然也不是那么爱。在那时他也忽然明白，难的并不是和一个很爱很爱的人结婚，而是如何有一个很爱很爱的人；难的是如何将一个很爱很爱的人一直很爱很爱下去。

“我们也不过是世间一对普通的狗男女。”姜宁宁说，“所以也不必太有负罪感。”

肖夏对姜宁宁的这种看似讽刺一切挖苦一切看淡一切的态度有些厌倦，对她有时看似毫无针对性的感慨也同样觉得厌倦。对此，肖夏的评价是：矫揉造作！但不管怎么说，姜宁宁这么矫揉造作地说了，也这么做了，就显得和别人不怎么一样了。

有一次，姜宁宁发朋友圈：可怕的不是心碎——心生来就是要碎的——可怕的是这心要变成石头。

肖夏再和姜宁宁在一起的时候，就觉得是在拥抱一块冷冰冰的石头。而肖夏却并不意外——仿佛他早就知道，仿佛在他尚未认识姜宁宁的时候，就知道姜宁宁是一块石头，而他，也并没有打算将其焐热。而且他也仿佛早就知道，姜宁宁和他在一起，也没有打算用他来焐热自己。

所以，当南黎将肖夏的离婚动机归结于姜宁宁的时候，肖夏不但觉得可笑，甚至有些委屈了。肖夏暗自下了决心：一旦离婚成功，就立刻和姜宁宁分手以证清白，即便他俩的暧昧并没有被南黎或其他什么人抓住把柄。

肖夏对离婚后的生活规划得井井有条：到时候就把这个房子留给南黎和儿子。他去滨河那边买一套单身公寓——自然是缺钱的，但想想办法先把首付付掉总还是可以的。装修么，越简单越好。一张床，当然要一米五以上！四壁打书架。一张大书桌，要实木的。死活不会在桌子上铺乱七八糟的隔热垫、钢化玻璃、塑胶垫！窗帘要卷的，拖拖拉拉的布，不要……离开单位，就窝在家里，想干吗干吗。可以不说话，和谁都不用说话，一句话也不用说。

不然，连工作一起辞掉，反正这个地方也没什么好留恋的。一旦离婚，熟人们必然纷纷问候：

“好好的，为什么要离婚？”

“南黎这么贤惠的媳妇，哪里找去！”

“你这小子是不是外面有什么花头?”

“怎么也不想想孩子?看在孩子的分儿上，做什么不能忍一忍呢?”

“世上哪有不吵架的两口子?吵过就好了嘛!闹什么离婚呀!”

…………

全都是想当然!全都是自以为是的经验!全都是无关痛痒的挑拨!全都是毫无营养的劝慰!一群庸众!

跟他们有什么好说的?!躲得远一点，连理都不要理。

肖夏的眼前仿佛出现了人们或者关切或者嘲讽的目光，他也想好了对策似的，在并不存在的状况面前一个人手舞足蹈地应对起来。而设想中的完美生活和对旁观者的成功反击，让他本来没有几分的离婚愿望和勇气在此刻却成倍地增加了。

那晚的话题没有再继续下去。肖夏没有再提，南黎也没有提起。肖夏不提，是好像没有什么合适的机会，看着南黎每日忙忙碌碌，找不出要提的时间。南黎不提，自然是当肖夏不过是一时玩笑，说说罢了。

但是肖夏一动了离婚的心思，想法就变得活泛起来。整日里脑子里想的都是离婚之后的自由世界。啊，众声喧哗——事实上也只有妻子和儿子的罢了——可以避免了!他没有要孩子的想法，孩子自然是跟着母亲好。他当然会出抚养费。

自从肖夏提出离婚后，南黎仍像往常一样带孩子，做家务，倒没有像往常那样啰里啰唆了。家里唯一的喧闹声则是儿子偶尔的哭声，而儿子好像感受到空气中的冰冷气氛似的，哭声也变得越来越少，越来越小心翼翼。然而越是如此，肖夏越觉得这个家不像家。肖夏知道南黎心里有不满，他自己也有不满。不是对南黎，是对自己。他并不是不知道，一个月给南黎的几个钱只是一家人的生活费，哪里算得上是养老婆孩子，不过是一起挨苦罢了。他自己已然知道，而南黎却又时不时地给他暗示，某某的全职太太是怎么当的：家里请了一个保姆专门带孩子，还请了一个保姆专门买菜做饭打扫卫生，“太太”偶尔煲个汤，心情好了烤个面包，做点甜点……弄得他的羞愧之心又加了一层。而实际上生孩子之前，南黎对这位“太太”的这种生活是很鄙夷的。怎么说他们也是一起挨过苦，一起从两手空空，到如今有了自己的房子，也有了孩子。

这样沉闷的生活持续了两个星期，肖夏忍不住又跟南黎提起离婚的事来。南黎一开始采取的态度是沉默，对他沉默，在家里当他不存在，只跟儿子说话。但她话里话外，含沙射影，让肖夏心里既反感又烦躁。等到他忍不住爆发出来，南黎却又沉默不语，别说含沙射影了，连对儿子的哄逗都没有了。肖夏本来打算用尽全力出一记重拳打倒一堵高墙，但在南黎的沉默面前，却像击到了空气里，不仅没有伤到对方，还闪了自己一个趔趄。

一开始，南黎的沉默让肖夏无所适从，但紧接着他就不再对这种沉默手足无措了。这种沉默让他离婚的信念又坚定了一层：这种冷战式的生活，有什么意思呢？不如早早离婚。

上班的时候，姜宁宁打电话给肖夏，口气不无讽刺：快来把你的宝贝夫人领走。肖夏才知道南黎去找了姜宁宁。女人笨起来，简直天下无敌。她怎么想到去找姜宁宁的？

肖夏愈加坚定了自己要离婚的决心。

“不如让我去死！”又一次提起离婚的时候，南黎忽然站起来，向窗台走去。肖夏厌恶地看着她：又是这一套。离婚算什么大事呢？寻死觅活的。他对她的厌恶又增加了一层。

她的身体正在往窗台上移动。他心里还是有点慌。孩子哭了起来。他往窗前走了几步，又忽然想起来那扇窗户早就坏了，根本打不开。南黎嘟囔好多次让他找人来修，他总是一拖再拖，忘了又忘。幸好没有修。他撤回了步子，弯腰抱起孩子。孩子的泪水、鼻涕糊了一脸，他扯起孩子的衣角胡乱抹了几把。孩子仍在哭。

肖夏看着哇哇大哭的孩子，觉得十分可怕和陌生。这个竟是出于己身的生命吗？他将带着自己的遗传密码继续在令人厌倦的人生中存在下去吗？他的鼻子、眉毛、眼睛，笑起来的样子，和自己真的相像吗？——至少他妈说，这孩子和他小时候一模一样。他妈的原话是：“带回家，往一群孩子中一丢，谁都知道这是肖夏的儿子。”

对于一个刚出生的孩子来说，任何一种命运都可能降临。但是，谁促成或主导着他的命运呢？谁要对其负责呢？肖夏对这问题充满了绝望和自责，也或者是后悔。他后悔让一个生命如此草率地诞生，后悔让自己的基因悄无声息地转移到另一个无辜之人的身上。

他越想越觉得可怕，好像自己是一个双手沾满鲜血的刽子手。有一次他试着和南黎说起这个想法，南黎骂他是神经病。也许他真的有点病了。

“你……别闹了！”他的音调在说完了“你”之后，突然降了下来，“别闹了……过来哄哄孩子。”

“孩子！你眼里还有孩子？孩子也不跟我姓，他是你姓肖的儿子！你不是要离婚吗？你心里有过孩子吗？”

南黎一边说一边愤怒地推着那扇根本推不开的窗户。肖夏心里冷笑了一声，要跳楼为什么要挑这扇？装模作样最令人厌烦。

自从肖夏正式提出离婚以来，这已经是南黎第三次说要死了：哭和闹算什么？直接以死相逼才是最有效的手段。

肖夏一眼就看穿了她的这些小把戏。死？开什么玩笑。南黎这种女人怎么会自杀？倒不是说她有多么贪生怕死，只是她胆子一向那么小，哪有勇气结束自己的生命。从前怎么没有发现南黎身上还有这样的潜质，不管怎么说，南黎曾经也算是一个文艺青年啊。肖夏觉得可笑。

他不知道为什么谈及离婚会让南黎的反应那么大。他心里清楚，南黎对他也很厌倦。分开不是好过得多吗？既然彼此都在将就，为什么不分开呢？他有时候想，也许南黎也想分开，只是不好先开口。那么他开了口，怎么还要折腾呢？寻死觅活！什么年代了，还这么想不开？

但肖夏相信南黎只是一时间有些惊慌失措罢了。等她清醒过来，她会想到离婚有多么好，对于二人来说是多么幸福。当然，他现在也不想什么幸福，只要能愉快一些、自由一些度过余生就已经非常满意了。

她不会再因为看到他连衬衫都不脱就躺在沙发上玩手机而大呼小叫，说他把平整的衬衫弄得皱皱巴巴；不会因为看到他一边看书一边愉快地抠脚丫子而嫌恶地皱起眉头；不会再责怪他在洗衣服的时候从来不知道把袖口、领口、腋下的汗渍洗干净；不会看到被挤得歪歪扭扭的牙膏而嘟嘟囔囔——肖夏就是喜欢从中间挤牙膏，那有什么大不了的?

好处还有很多。她会一点点想到的。到时候，她就不会那么歇斯底里了。她应该庆幸，是他提出了离婚，背着负心或者背叛声名的是自己，而不是她。肖夏想。

南黎还在使劲地推窗户，推不开，她便抡起胳膊用拳头砸，咚咚咚！咚咚咚！南黎的拳头像是敲在肖夏的耳膜上，咚咚咚！咚咚咚！玻璃怎么还不碎呢?

南黎发怒的样子有点奇怪，像一只羽毛蓬松的斗鸡。她的一双手在玻璃上轮换着敲，随着敲击，她的头也微微晃动。本来就宽松的衣服在她身上变得像一块破床单，胡乱地遮住了她松散的脂肪。肖夏好像从来不认识这个发怒的人。在她狠命敲打窗户的时候，簪子掉了，头发凌乱地铺在她宽厚的背上，油腻腻的，应该是好几天没有洗了。

“洗头太累了。”肖夏的耳边仿佛传来南黎慵懒的带着撒娇口气的声音。她常常说洗头真的是太累了。可没有人叫她留这么长的头发。好像头发是为肖夏留的，洗头发也是为肖夏而洗。“我要你帮我洗。”南黎不想洗头的时候就会冲他撒娇。然后他就帮她洗。那么长的头发啊，他握在手里有些恍惚。经了水的头发湿漉漉的，仿佛初夏从幽暗的森林里经过，溪水轻缓，阳光从树缝里漏进几缕，刚好打在流动的细流上，打在浅溪里一块光滑的石子上，流水潺湲，光影斑驳，似乎还有花香从远方飘来，继而是歌声，是什么人在低声哼着温柔的、忧伤的曲调。

有时候是南黎自己在唱。

但是，人怎么会说厌倦就厌倦了呢?

敲打累了，南黎坐在窗台上，用手粗暴地拨弄着他曾经洗过、温柔地吹过的头发，不时擦一擦眼泪鼻涕。

唉，这一轮终于结束了。肖夏长舒了一口气。

肖夏没有料到南黎会给他妈打电话说他要离婚的事。他妈向来不喜欢南黎，南黎也知道这一点。但他没有料到关于离婚，他妈会站在南黎这一边。

他妈仿佛从天而降，接走了孩子，说你们小两口好好谈谈。南黎竟然也没有拒绝。南黎是不愿意婆婆带孩子的，为此也争吵过好几回。肖夏夹在中间，不知道要说什么。

吵来吵去，也不过是为了孩子。何必要吵？什么事商量不来？

“和你妈能商量得来？!”南黎冷笑，随即学起他妈那宽阔的嗓门，“肖夏不也是我这样带过来的？儿子能带好，孙子我带不好？专家都说用尿布比尿不湿好，你为啥老给我孙子用尿不湿？”南黎学起他妈的腔调来，还真像。肖夏有点想笑，看到南黎一脸怒容，又忍住了。“不用尿不湿，半夜你起来换？呼噜震天响！那菜汤我吃着都味重，就这么蘸着给孩子吃，味觉能不吃坏吗！不让嚼饭喂说是我嫌她脏。洗奶瓶从来不用洗洁精，说洗洁精冲不干净，冲不干净就不能多冲几遍？自己的衣服和孩子的衣服一起放盆里泡，我能不能提……”南黎一唠叨起来没完没了。肖夏只好背地里跟他妈商量。

他妈更是理直气壮：“我是不是就这样把你带大了？你少胳膊少腿了？哪里没长好吗？我怎么不科学了？我不让用尿不湿，不用洗洁精，难道就是不科学？她就是看我不顺眼，就是怕孩子跟我亲……一天到晚就听你媳妇的，真是娶了媳妇忘了娘。我怎么养了你这么个白眼狼……”

引火烧身，肖夏只好闭嘴。

鸡毛蒜皮之事愈演愈烈，肖夏他妈一气之下回了老家：“你们都长本事了，我带不了，我回家！”南黎只好辞了工作自己带。“我不能让你妈把我儿子带出你那些个缺点来！”

肖夏只能再次闭嘴。

肖夏单位有一个同事，特别爱喝酒，背地里大家都喊他酒鬼。不管什么时候，他都是一副醉醺醺的样子，即使那天他并没有喝酒。据他说，他从不喝无理由的酒，人生得意须尽欢啊，所以要喝酒；人生忽如寄啊，不如饮美酒；烦恼从不断啊，一醉解千愁……

肖夏平时和他并无私人来往，不过是见面打个招呼，点头微笑。

但那天，他与肖夏在走廊里擦肩而过的时候，忽然回过头来，冲肖夏说了一句没头没脑的话：“小肖，还是喝醉了好啊。”

肖夏灵光一闪：对啊，喝点酒吧，酒后吐真言，看在“真言”的分儿上，也许南黎就能明白我为什么要离婚了。

下班他买了菜回家。没有孩子的吵闹，家里静悄悄的，好大一会儿肖夏才发现南黎在书房里坐着。窗帘没有拉开，昏暗的房间里，南黎靠着沙发背对着门，坐在那里一动不动，像一座雕塑。她的头发像从前那样挽成一个髻，有凌乱的碎发从耳边垂下来。微风从窗帘后面吹过，屋子里一阵明暗交错。一瞬间，肖夏有点恍惚，他定了定神，又无声地看了一会儿南黎的背影，转过身子，去厨房做饭了。

饭做好，摆上桌子，肖夏再去书房，发现南黎仍保持着之前的那个姿势。他走到南黎身后，手搭在南黎肩上，喊她吃饭。南黎这才受惊了似的猛地回过头来。

看到一桌子的菜和酒杯，南黎有些吃惊，但什么也没有说。

两个人默默地吃饭。因为怀着借酒吐真言的目的，肖夏一杯一杯地倒酒，两个人碰杯——仍旧是不说话。到后来，肖夏一放下酒杯，南黎就给他满上，然后端起自己的杯子碰一下肖夏的，用眼神示意他喝掉。此情此景，肖夏准备好的一肚子的“真言”，却一个字也吐不出来。

一瓶白酒见底，南黎的酒杯突然掉到了地上——肖夏只顾低头喝酒，不知她是故意还是不慎。玻璃杯和地板碰撞的清脆声让这个死寂的房间仿佛有了生气，也好像开了一个说话的头儿。

“你怎么想的，我也差不多知道了，什么也不用说了。”南黎有点口齿不清地说。

肖夏心里一阵激动，又有些不安。

“你无非是不想过下去了。你不爱我了，也不爱儿子。”南黎说着，有泪从眼角滑落。

肖夏不知道怎么开口。他害怕看到这样的南黎，害怕一开口就动摇了自己好不容易得到的离婚的曙光。

“既然不想过了，那就算了吧。”南黎说。

肖夏抬起头来时，南黎已经再一次站在了那个窗台上。窗户已然推开，风带着秋天的气息穿窗而入，空气中有晚桂花的淡淡香气。

肖夏看着一手抓着窗户作势欲跳的南黎，心里涌起一种久违的柔情。他走到窗前，拉着南黎的手，温柔地说：“乖，你下来，下来吧。”南黎看着他，愣了一会儿，慢慢地从窗台上下来。

肖夏看着她被风吹乱的头发，伸手理了理。他爬上了窗台，想看看南黎总是爬上的这窗台，外面究竟有何景致。月亮刚刚升上来，几颗星稀疏地挂在天空上。月光下，云朵慵懒地散在幽蓝的夜幕中，丝丝袅袅、影影绰绰。

一个难得的好天气！

几只鸽子咕咕叫着飞过不远处的楼群，秋天的风带着更浓的桂花香气将他包裹起来。

春日迟迟

天气已经热了起来，春枝坐在窗户下，望着院墙上碧绿的爬山虎。风吹动爬山虎的藤蔓，风移影动，整个墙像是要游动起来了。一只黑白相间的猫从叶子下风一样蹿过。春枝一阵恍惚。此刻，风带来了香樟花的味道，她想起花园街的一株香樟树。

那是一株很高大的香樟树，长在窗户边，香樟树的枝条遮挡了阳光，也遮住了雨水。夜晚，风吹过的时候，叶子哗啦啦，像在落一场大雨。

路辰就住在有那扇窗户的房子里。

他们分手的那一天是四月二十九日。

那天下午，春枝本来是要离开的，晚上的火车。吃了午饭，两个人看时间还早，就慢慢地散步去火车站。路辰带她沿着一条叫渡春路的街道前行。渡春路两旁种了许多洋槐树，这个时候，落了一地的碎花。风轻轻卷起地上的碎花，空气中有淡淡的香味。

两个人默默地走在碎花上。春枝有些尴尬，她想说点什么，却不知道该说什么。

“你见过木棉吗？”路辰忽然问她。春枝愣了一下。她没有见过木棉。

“我在深圳的时候，人行道上都是木棉树，高大的木棉树，一到春天，红硕的花朵就落到地上，人踩上感觉很奇怪。花朵有时砸到头上、肩上，有种钝重的疼。”没有等到春枝回答，路辰接着说了起来。

花朵还能把人砸疼？春枝觉得这疼根本就是他杜撰的，也许是正在沉思，被花朵惊动，内心恍惚吧。

说完木棉，他们又没有话说了。过了渡春路，往右拐是一个广场，广场上种满了樱桃树。此刻，樱桃淡黄浅红，一簇簇挂在枝头，即将成熟。樱桃树种在广场，春枝还是第一次见到。那些樱桃树不大，树干只有她的胳膊那么粗，但结了很多果实。樱桃树周围是草坪，草坪周围用布条围了起来，但是仍有顽童跑进去用树枝够尚未成熟的樱桃。路辰在距离最近的那株樱桃树旁站了一会儿，仍是没有说话。

四月二十九日的下午，天空很蓝，云很多，一层叠着一层，像多米诺骨牌被推倒了似的摊在天空。春枝抬头看一会儿天，偶尔侧过脸瞥一眼路辰。他很严肃，眼睛盯着前方，仿佛在思考什么，像一个诗人。事实上，那会儿，他就是个诗人，但是他不写诗，他写小说。

并不是写诗就可以叫作诗人，有的人写了很多像诗一样的东西，写了一辈子，也不是诗人；但是有的人却以诗人的姿态活着，尽管他一首诗都没有写过。这是路辰曾经说的。

写小说的路辰，和别人都不一样，这是春枝自己发现的。后来春枝想，是当时自己没明白，不管写不写小说，是不是诗人，路辰都不会和别人一样。这世界上哪会有两个人是一样的呢？

路辰很敏感，他时刻关注天气变化，但却从来不是为了出行穿衣。有点傻。春枝想。有很多次，半夜他打电话给春枝：去看月亮，或者去看云。于是春枝在睡意蒙眬中推窗看月。月亮又大又亮，而且很低，仿佛一伸手就能够碰到。有时候是云朵，月亮照出云朵的影子，风吹来，一棵树摇动它的叶子，哗啦啦，像落一场大雨。春枝握着手机，路辰在那端沉默，良久，似乎确认她已经看过了月亮，才会说，再见。他从来都是说再见，不管你还有没有话要说，就挂断了电话。

他们一路沉默地走到了火车站，才四点半。“火车是几点的？”路辰问。

“八点。”春枝之前说过的。其实，春枝的票是三十日下午八点。不知道为什么，这次她感觉他并不想见到她，于是她就顺水推舟说，本来就是路过来看他一眼。

“你先进去坐一会儿吧，找个地方看书。”说着路辰从包里掏出一本书递给她。是塞万提斯的《堂吉诃德》，一本特别厚的书，不知道他的那个小包怎么装得下。春枝接过来，抱在怀里。

“再见吧，春枝。”路辰说，“我们还会再见的。有时间，我会去看你的。”

春枝笑了笑，笑得很勉强。其实她心里知道，这是最后一次见面了。尽管他说还会再见的，但春枝心里知道以后不会再见面了。春枝突然一阵悲伤，泪水就涌出来了。

路辰上前抱住了她。春枝两手抱书抵在他胸前。他身上有淡淡的汗味。

拥抱（这拥抱像个仪式）结束，路辰说："春枝，再见。"春枝低着头点头。等她抬起头，路辰已经转身走了。春枝看着他，他的背影瘦瘦的，十分落寞。春枝一直看着他走远了才走进候车室。她决定混上车。

候车厅里人很多，一个空座位也没有，只有靠近电梯的墙边有点空地。墙是玻璃的，像谁家的落地大窗户。她把包垫在屁股下面，想到以后再也不能见面，心里空得要命，眼泪不停地往下落。太阳光透过玻璃墙照进来，眼泪滴在怀里的《堂吉诃德》上，她一边擦眼泪一边翻起了这本书。

这么厚的书。她也有一本，可她从来没有看完过，每次下定决心要看完，却总是将前言看完，再看十几二十页就不想看了。这个故事她不是不知道。她从前还看过黑白电影，在那时的印象里，这是一个荒唐的故事。

她不想从头看。这本书封面磨得有点旧，书页也有些卷。她抚摩着书页，随便翻开了一页。

她看到牧羊女马赛拉。田野里回荡着马赛拉的爱慕者绝望的叹息，几十棵山毛榉光滑的树皮上刻着马赛拉的名字；有的人在圣栎树或大石头脚下彻夜不眠，任思绪遨游，直到第二天早晨太阳升起；有的人在夏天炽热的中午躺在灼人的沙土上，不停地叹息；有的人——那个叫克里索斯托莫的博学多才、满腹经纶又会观星象的小伙子为她而死。

再翻一页，清晨，牧羊人邀请堂吉诃德去参加克里索斯托莫的葬礼。她不想看他的葬礼，于是又翻了过去。

她其实心不在焉，她想从书中找出点什么，也许是路辰给她留下的什么暗示。即使没有暗示，有他的字迹也好，但是她胡乱翻着，并没有什么发现。候车大厅里人很多，安检人员走过来，对着她和像她一样坐在玻璃墙边的人大声嚷嚷：“这里不能坐，起来，起来！到那边去！”

春枝站起来，看着乌泱泱的人头。有一趟火车正在检票。她看到一对年轻人抱在一起，旁边的人绕过他们往车站里面走。有人的胳膊、行李碰到他们，他们也无动于衷。春枝靠着一根柱子，一直盯着他们看。他们分开，那个男孩捧起女孩的脸，给她撩头发，擦眼泪，擦完又抱住她。这样反复好几次，仿佛在重播。广播一遍遍地提醒：“请手中车票的时间是……的旅客抓紧时间检票上车，列车开车前五分钟，停止检票。”

那两个人终于分开了，女孩倒退着往检票口走。男孩往前跟。

为什么不买站台票送进去？这样可以更好地享受离别，还可以看着列车开动，她贴着车窗玻璃哭，你跟着火车跑。春枝这样想的时候，忽然觉得自己很刻薄，像是嫉妒。她没来由地一阵伤心。

终于轮到她那趟火车检票了。她有些忐忑地递过了车票，检票员看都没看就检票让进去了。她本来以为会遇到阻挠，然后她就可以找借口出来，也许可以回去找路辰。但是居然这么顺利就进去了。她叹了一口气，随着人流往站台走。

她的包小得连《堂吉诃德》都放不下。她一手拿着车票，一手拿着书，往火车上走。一切都那么顺利。外面的人那么多，可车厢里几乎可以用空荡荡来形容。她找到座位坐下，把《堂吉诃德》放在小桌上，她就那么盯着它。

她和路辰是怎么认识的，时间那么久远了，她几乎都记不起来了。第一次搭讪是因为什么，她想不起来。总之就那样断断续续地联系着，他们见面的次数屈指可数。

火车突然晃动了一下。春枝猛地站起来往车门口走。列车员已经将门关上正准备离开。她央求人家开门。那年轻的女列车员说："关了就不能开了，马上就开车了。"春枝说："对不起，我坐错车了。"春枝的声音里带着哭腔。女列车员斜了她一眼，但是没说什么，把车门打开了。

春枝逃一样地跳下火车，站台上一个人也没有，她看着火车徐徐开走，终于忍不住蹲在地上哭了起来。

他们两人怎么会变成今天这个样子呢？

春枝仍然记得，有一次他们站在长江边，她对着江水说，我爱你。她的声音很低，虽没转头看路辰，但她知道，路辰听见了。在江水柔缓的拍击声中，路辰听见了她的"我爱你"。余光中，春枝看到路辰的睫毛动了几下。他的胳膊本来挨着她的胳膊，在她说完那句话后，突然伸了出来，将她揽入怀里，比以往的任何一次都要紧。

江水悠悠，有运沙船路过。他们盯着波光粼粼的江面，看见对岸高高耸立的烟囱里冒出巨大的烟柱。低沉的汽笛声隔空传入耳中，天空瞬间暗了下来。

等哭够了，春枝就坐在站台旁边的台阶上，翻开手里的书。她自然不能去找他。

春枝泪眼蒙眬地一边抽泣一边翻页。眼泪掉在书上，一滴一个泪痕。

翻书的时候，她其实并没有在看。每一个字都好像不是原来的字，每一句话她都看着不像话，每一页纸上仿佛都藏着无尽的往事。

但往事其实乏善可陈。此时，她能想到的几乎都是她一个人的往事。

路辰经常打电话来，但他话很少，总是叫春枝听点什么。有时候是风声，有时候是雨声，有时候是一首怪怪的歌。半夜三更，他打电话来要唱歌给春枝听：“乌兰巴托的夜啊，那么静，那么静，连风都不知道我，不知道……”那调子怪怪的，好像喝醉了酒的人在说伤心话。

“你听火车与铁轨的撞击声，哐当哐当。”路辰说。那是路辰在去桂林的路上，在信号不好的车厢里给她打电话。

春枝坐过许多次慢车，去看路辰，或者只是去他在的城市。夏天坐慢车，尤其是绿皮车是很遭罪的。车厢里潮湿闷热，有人打开窗户，风突然灌进来的呼啸声，像什么人在尖叫。窗外绿色的原野缓缓后退，树木浓绿得有些灰暗。风吹进车厢里，携裹着夏天的潮湿、闷热，人身上积攒的汗被风吹干，变成了油。过了一会儿，有女人尖声叫嚷：“关窗户，关窗户，孩子吹醒了！”无奈地将窗户关上。脸皮冰凉、油腻，一擦一手的灰，仍然感到燥热。

坐在台阶上，春枝翻完了这本书。翻完书，也好像将路辰和她的往事翻完了。她合上书，屁股和腿都是木的，没有知觉，她慢慢地站起来，突然决定要回去找路辰，去把书还给他：我才不要你的书！

晨光熹微中，春枝穿过冷清的火车站广场，穿过渡春路，拐进他们经常散步的小巷子。说是小巷子并不确切，那巷子的两边是人家的别墅，是一座一座的庭院。一排排的篱笆旁无一例外种着蔷薇花。与篱笆垂直的，通往自己门口的边缘，有几户人家种了大丽花，艳丽的大丽花热烈地绽开着。在拐角的那一户，小院子里种满了凤仙花。此刻凤仙花植株壮硕，花骨朵儿都还没有开始酝酿。

春枝看了看自己的手指，想起去年她染过的指甲。路辰给她寄去的凤仙花种子是在这里采集的吗？

前年夏天，路辰给她寄信的时候，在信封里放了一包凤仙花的种子。“春枝，你把它们种出来，用它们染指甲。”路辰在纸包上面写。

她向楼下卖菜的阿姨要了一个筐子，又从野地里挖回来几袋土。她用手细细地碾碎那些结块的土，将种子播了下去。果然种出了一小片，夏天开花的时候，她欢天喜地地看着这许多花儿，打算染指甲，却怎么也找不到包手指的眉豆叶儿。

路辰和她说起小时候用凤仙花染指甲的事。别的男孩子不愿意做的事情，他却乐此不疲。

那一筐凤仙花开了很久，春枝没有收集种子，第二年它们落进土里的种子密密地长了出来。但是今年不知道为什么，那筐里空荡荡的，只长出了几株瘦弱的野草。

春枝走到那棵香樟树下，天色已经大亮，窗户那儿仍旧黑乎乎的，香樟的花香在空气中飘荡。

又回来做什么？春枝不知道见了面要说什么。把书还给你，我不要看？我不喜欢看？我看完了？春枝坐在树下发了很久的呆。有人来来回回从路边走过，急匆匆的。

一个影子停在她面前，她抬起头，是路辰。她想对他笑一笑，眼泪却一下子流出来了。路辰叹了口气，把她拉起来。她抱住路辰，眼泪不停地流。

她又回到那间屋子里。屋子里陈设依旧，一张小床，一张旧桌子，桌子上有一个打开的笔记本电脑。一个旧货架，上面堆满了书。

一进屋，路辰就收拾起床铺，让春枝坐在床沿。

“一晚上没睡？”路辰问。

春枝点点头。他没有问她为什么返回来，也没有问她打算怎么办。

“你睡一会儿吧。”

春枝摇摇头。

他拉过一把椅子坐到春枝的对面，握着春枝的手。两人谁也没有说话。

我们之间已经没有什么话好说了。春枝想。他没有什么可说的，可怕的是，春枝自己也没有什么可说的。这种无话可说是那么尴尬，像一堵厚厚的墙。

这样的感觉是从什么时候开始的，春枝不知道，可是她仍然爱着他呀。

过了许久，路辰松开手，像往常那样，拍拍春枝的肩膀：“你还是睡一会儿吧。我等会儿要出去办点事。”

春枝躺下，侧身朝里，眼睛酸涩，想睡，却十分清醒。

过了许久，她听见关门的声音，路辰出去了。

她躺在床上仍旧睡不着。从前，她睡不着的时候，路辰会读书给她听。

他的声音里有浓得化不开的柔情，带着某地的淡淡口音，让人仿佛置身夏夜，露水正从树叶尖上滴下来。

那次他读的是《我的米海尔》。

“巨石无权滚上山坡，应该顺着山坡下来，否则就不公平。

“每个人内心深处无疑都珍藏着某些普通的愿望。

“当我们沉浸在悲哀之中往往将日常琐事视为极其堕落的事。

“整整一个冬天，耶路撒冷的寒风都在吹动着松柏，而风离去时却没有留下任何痕迹。你是个陌生人，米海尔。你夜里躺在我的身旁，可你却如此陌生。”

路辰并不一页一页地读，而是随手翻，翻到哪一页随便看到哪一句就读起来。他从来不读诗，但听上去，这些句子都挺像诗。起码，在不懂诗歌的春枝看来，这些句子都是一句又一句的诗，仿佛有风从遥远的地方吹来，从书中那遥远的耶路撒冷吹来，皮肤上有微微的凉意。

他的声音里有淡淡的解释不清的忧郁，他的这种忧郁，在很久很久以后，春枝想起来的时候，觉得有些矫情可笑。当然，当时她并不觉得。

如今，她在他的房子里，窗外的香樟树在暮春的晨风吹动下，枝叶婆娑。米黄色的准备绽放的花骨朵儿藏在叶间，有微微的香味随风飘送。

春枝起身，看见旧景：远处的居民楼，阳台上花草茂盛；色彩鲜艳的幼儿园，孩子们的欢笑声不时传来；另一边，一片白桦树摇动树叶，像在落一场雨……

春末夏初，屋里已然有些闷热，那本《堂吉诃德》被放在了货架上。春枝收拾好床，拿起包准备离开，到门口，又停住，她想了想，取出包里的钥匙，放在了《堂吉诃德》上。

红 配 绿

一

在大学里，陈云裳没什么朋友。云裳没有亲密的朋友，是因为她不喜欢和人推心置腹，不喜欢用这样那样的小秘密去换来女孩子之间的情意。说实在话，于这一点，她是有点不屑的。她喜欢将自己包裹得像一个古旧的城堡，这古堡中自有她的一片天地，里头不管是鲜花盛放还是枯草连天，她都不想叫人知道，和她们有什么好说的？无非是哪一个系的男生帅——照例，她们是看不上自己系里的男生的。整天不是逛街去，就是约会去。当然，也有爱学习的那一拨，她更不属于。晚自习，她们掂着书去教室，陈云裳是不去的，她情愿在宿舍里，躺在床上听音乐，看闲书。她有时候在床上念："云想衣裳花想容，春风拂槛露华浓……"念着念着就觉得自己名字大有深意，大约是从这里来的吧。回家问父母。父母瞪大了眼睛：啥？没有听说过。原来，打小，她们姊妹俩都是没有正式名字的。到了姐姐念书的年纪，父母认为女孩儿将来爱美，是少不了要衣裳装扮的，“人是衣裳马是鞍”么。正好“云”是她们的辈分，于是就给姊妹俩取名：一个叫陈云衣，另一个叫陈云裳。每想到此，云裳就很沮丧：这么美好的名字竟与李白的词句一点关系也没有。她是不甘心的。幸好她有那些善解风情的室友，每次一说起名字，就会羡慕陈云裳：你的名字真好，天生就该学中文么。她暗自高兴的时候，也有一点小小的遗憾。是啊，她是应该读中文的，可是，读的却是政治教育专业，多么没有诗意的一个专业啊！她是读不进去的。

一说到名字的时候，她的室友们就会不可避免地提起一个人，那就是朱采绿。瞧瞧，这是什么名字啊，都姓朱了，还采绿，采什么绿啊，没听说过一句话么：红配绿，丑得哭。要说朱采绿是个美人倒也罢了，美人搭配着大红大绿还是能显出一点风韵和姿态的，可是她跟美人压根儿就不沾边。朱采绿眼睛大倒是大的，可又太大了。她睫毛本来就又短又稀疏，眼睛一大，就显得睫毛更短更少了。鼻子倒是挺得很，可是怎么看都觉得不对劲，叫她们看不惯。当然，在女孩子们的眼里，这算是某种羡慕或者挑剔。可她的身材，连陈云裳也忍不住要在心里遗憾了。除去她那一头长发，哪里能看出她是个女孩！那么瘦，一阵风就能吹倒似的。瘦当然是好处，可是太瘦了，该胖的地方一点也没有胖起来。有人用一句最简单的话来形容某个美女，不说丰满不说细腰，说一句：屁股是屁股，腰是腰。而朱采绿呢，简直没有腰也没有屁股，乳房呢，就更可怜了。于是女孩子们心情好的时候，不知是好心还是捉弄，叫她吃木瓜，买木瓜粉，说是丰胸。难得有人如此热情，朱采绿还真的就买来了木瓜粉，坚持每天喝。

朱采绿是有一点木讷的，谨小慎微的样子。若说陈云裳不合群是她自己选择的，朱采绿的不合群绝对是被选择的结果。女孩子们总喜欢三五成群，陈云裳不参与，她们有时会邀请她一下。可朱采绿，即使是她想参与，女孩子们也会找借口将她拒绝。当然，这些都不是最主要的。如果认为真的仅仅是因为如此的外貌、木讷的性格，女孩子们才不爱和她一起玩，那真的是大错特错了。人比人，才能看出好坏来。有一个衬托，并且是反面的衬托，就能显现出另外一个的好来。就凭这一点，应该有很多人围在朱采绿身边才是。可偏偏造物弄人，这样平凡得扔进人群中就像一滴水落到了湖水里再也找不出来的朱采绿，却有一个高大帅气的男朋友！

这个人就是成益。成益是谁啊？政教系有名的帅哥加才子，学校文学社的骨干人物，他写的诗是叫老师也击节赞赏的。可他偏偏对朱采绿情有独钟。朱采绿哪一点能配得上成益啊？要身材没身材，要脸蛋没脸蛋，人又不聪明，又不能吟诗作画！

这叫女孩子们怎么能接受！凭什么呀！可不管你接不接受，人家还真就好上了，而且从一开始好到最后，还好到一毕业就结了婚。她们这才相信，一件无论如何也不可能发生的事情在她们身边真真切切地发生了。

陈云裳起初也是有点惊讶的，也许还夹杂着对朱采绿莫名其妙的担心。以她的心思，成益是怎么也不会选朱采绿这类女孩做女朋友的。她甚至有点怀疑是恶作剧，是男生们对朱采绿的一个恶作剧，但是这恶作剧持续的时间也太长了，一直到大三都不见他们有分手的迹象，成益的“真面目”也没有显现。到后来，陈云裳才觉得，看起来不般配的一对，一定有他们互相吸引的理由。比如，朱采绿必定有她独特的不为她们所知却单单吸引成益的地方。那种吸引是不能用言语来表达的。

毕业后，顺理成章地，他们结了婚。小两口到成益所在的城市——芜城安居乐业去了。

而陈云裳她们则各自奔赴各自的前程。

二

一晃眼五年过去了。

陈云裳因为一些自己都说不清道不明的原因，独自到了芜城，却在某个傍晚接到了朱采绿的电话。

朱采绿一开口就是责备："云裳，你来芜城了怎么也不说一声，你眼里还有没有我们这些同学呀。"说完就嘻嘻地笑，说晚上要在碧云天请她喝茶。

陈云裳有点摸不着头脑，她到芜城来，几乎没有什么人知道。她好奇朱采绿怎么知道的。而且，朱采绿是谁啊，大学几乎没有在一块玩过的，如今突然要请她吃饭，她本能地就想拒绝。

但是朱采绿口气坚决，不由分说："已经定好了，不能跟我客气，更不能叫我浪费。"这样一说，陈云裳还真不好意思再推辞了。

陈云裳刚一进碧云天，就看见一个风姿绰约的女人在楼上雅间门口朝她招手。她看看不认识。谁想那女人竟叫起她的名字来："云裳，陈云裳，是我呀，朱采绿。"

朱采绿！那个女人竟然会是朱采绿？直到进了雅间，陈云裳的嘴巴都没有合拢，看得朱采绿非常不好意思。

朱采绿再也不是那个瘦瘦小小，一摸一把骨头二两肉的朱采绿了。如今的朱采绿是要身材有身材，要脸蛋有脸蛋。陈云裳不禁感慨。有些女人要瘦，要瘦到天尽头，不瘦得只剩一把骨头誓不罢休。可是于朱采绿，千万不行。五年前的朱采绿，瘦吧？可是瘦得多么……多么不好看啊！朱采绿这样的女人，就得有肉。这五年没见，朱采绿简直可以用她们曾经调侃过的红配绿的论断来形容了。恰好她就穿了条湖水绿的长裙子，上面套一件简单的白色T恤，T恤外面搭配着米色针织开衫。还是那一头长发，只是更长了，烫了大卷，随便披在肩上。一举手一投足，风情尽显。那双曾经看着光秃秃的眼睛，如今在不知是真睫毛还是假睫毛的闪动下，水汪汪的，真是美得没法说。鼻子本来就高挺，如今脸上丰腴起来，整张脸也随之生动起来。原先瘦瘦巴巴的胸，不知是不是木瓜粉的功劳，终于像春天里的一对花朵，膨胀起来了。

“云裳，你还是那样子啊，五年时光竟然没有在你身上留下什么变化。你真是太会保养了。”朱采绿夸张地说。

“哪里哪里。倒是你呀，果然是女大十八变哦。你现在真的好美，我刚刚一点也没认出你来。”说完，云裳又觉得不太妥当，这样分明是说人家从前不美啊。她于是又赶紧说：“你有什么法宝，快说来听听。”

朱采绿脸上泛起了一丝红晕：“哪有什么法宝，不过是一天一天过来了。”这句话才隐约显出当年朱采绿的影子：羞涩，爱脸红，有点微微的木讷。

朱采绿说：“云裳，你也知道，我在学校的时候人缘不好，只有你还跟我说几句话。在芜城，也几乎没有咱们的同学，所以这茶吃得就不热闹了。你别见外啊。”

陈云裳有点感动，又有点不好意思："没什么的，我也是不爱交际的人。吃茶么，就是要清净呢。更何况，没有其他人正好呀，咱们还可以好好说说话。"

"如今你来了，是要在这里长住下去吗？芜城真的是个不错的地方呢。"

"嗯，有这个打算，我在这里找了份工作。"

"那就太好了，以后我就有人说话、逛街、聊天了。你不知道，这几年我真是寂寞得很。"朱采绿嘴唇微微沾了茶水，像是想起什么似的，接着说，"本来成益是要一起来的，可晚上临时有点事。他说改天请你。不过他不来也好，咱们女人之间说说话呗。反正你要在这儿长待，以后有的是机会呢。"朱采绿一口气说个不停。陈云裳记得她从前是不爱说话的。

两个人在碧云天喝了茶，吃了点心，聊到十二点，大部分时间都是朱采绿在说，云裳听，间或云裳问两句。

女人之间的友谊真是很难说得清楚。自那次见面之后，她们的联系逐渐多了起来。陈云裳的工作轻松、清闲，周末无事就约朱采绿。有时候正上班，朱采绿一个电话来说要去逛街，她也能翘了班去。反正这个闲单位，没有谁是正儿八经一天待到晚的。

从那以后，陈云裳和朱采绿就成了好姊妹，仿佛从认识那一刻起就好起来，一直好了这么多年。

每次聊天、逛街，朱采绿就要说一说自己的生活。渐渐地，朱采绿的一点一滴，陈云裳就几乎没有不知道的了。

朱采绿有一个四岁半的女儿。成益本来在事业单位上班，后来嫌那样的生活太死板，于是就下海，做生意，也赚了些钱，于是朱采绿也就辞职待在家里。先是一心一意地怀孕、生孩子，现在就一心一意地带孩子。孩子七八个月的时候，朱采绿的父亲得急病去世了，为了叫母亲转移哀痛的情绪，她就以帮忙带孩子为借口，把母亲也接了来。结婚后他们自己有住房，没有和公公婆婆同住。不过成益的父母对这事倒也没什么看法。朱采绿的母亲年轻，帮着带孩子，他们也省了不少心。

如今，朱采绿除了带孩子几乎没有别的事了。成益不叫她去工作，说工作累死累活的，还挣不到几个钱，不如在家里带孩子，把孩子带好就是最大的贡献了。朱采绿呢，一向都是听话的女人，加上成益也确实能赚点钱，就什么话也不说了。

孩子渐渐大了，上了幼儿园，母亲本来是要回老家的，可是朱采绿不让回。父亲去世后，母亲一个人在家里待着，没有什么寄托，不免要想到从前，想着想着就会情绪低落。一个人生活容易将就，不好好照顾自己，会生病。倒不如住在这里的好，有事做，要操心，就不会那么寂寞。另外，成益天天不在家，住在这里，母女俩也能说说话，也算是互相做个伴。

三

开始的时候，每一次和朱采绿分手，陈云裳回到住处，她心里就有点不是滋味：五年过去了，当初条件都差不多的同学，现如今生活幸福，家庭美满，可谓是要风得风，要雨得雨了。而自己呢，工作不够好，三天两头一个主意，要么公司炒她，要么她炒公司。不止朱采绿，其他的同学，考公务员的现在当了公务员，考研究生的，现在有些都到高校里当老师了。还有一些高中同学回到老家考上了教师，结了婚，当了爹娘。而她自己，仍旧这样瞎混，事业不成，还是孤单单一个人，来这个陌生的城市寻找什么所谓的爱情。

是的，她是为了一个人到这里来的。但是那个人并不在这里，这里是他出生、成长的地方。说白了其实都是她自己的一厢情愿、一意孤行。她对自己说，我要来看看，不，绝不只是为了他，我只是想来看看这个他生活过的地方，这个叫芜城的地方，究竟是怎样的一座城市。

到了之后她才知道：芜城是一座多么美好的城市啊。陈云裳想，这个美好的名字，读起来都会让人产生某种柔软而亲切的感情。这座小巧而妩媚的城市里，有他青春年少的时光，他在这里遇见了谁？谁又遇见了他？

夕阳下的这座江边小城，闪烁着某种令人着迷却又不知道如何形容的光芒。这座小城市，有着它自己的态度、它自己的风情，让爱它的人迷恋，嫌它的人远离。它不要谁的怜悯，不要谁来爱怜，只是像花朵，自开自落，细碎而温暖。这个地方，只眷顾那些爱它的人们。需要温暖，它给你；需要爱情，它也给你。它叫你不自觉地陷入爱的想象里，梦境一般美好。

就是在这样的日子里，陈云裳默默地想：有一天，我一定会忘记你，不管多久，这一天总会到来。可是现在的我，不会期待也不会拒绝，我只日复一日地，好像等待死亡一般，等待着这一天的到来。

在没有他的那些日子里，云裳做梦都会梦见自己在很用力地想念一个人。人往往很奇怪。陈云裳不能左右自己的梦境，却时常左右自己的行动。她想念的时候就想去另外一个城市看看，看看那个人是不是还在那里醉生梦死——这是与她毫无关联的醉生梦死。她为之哭为之笑，为之狂乱痛苦，为之悲伤欲绝。他也会如此，只是那对象不是她。

云裳选择等待。她怕有一天，她不再相信爱情。她怕那样的时刻到来，爱情成为某种笑谈。她清楚地明白，这样的事情必然会在某个时刻发生。至于什么时候发生，她也不知道。

在某一个瞬间，陈云裳仿佛突然醒悟似的，对自己说，这样的等待算是什么事呢。一个人的痛苦与等待，在另一个人的心里只是某种漠然，甚至是疑惑，甚至是轻视。

从前，他曾愧疚地对陈云裳说，以后我会去看你，我欠你这么多的路。

听到这里，云裳会笑起来，笑着笑着眼泪就出来了。“我欠你这么多的路”，多么新鲜。这么多的路上有过什么，有过怎样的风景啊，云裳不能细述。云裳不能告诉他：某一天车窗外的云朵，飘成了风的模样；某一个春天，远山上一株高大的玉兰开满了一树钝重的花朵；某一个黄昏，夕阳斜照着湖面，油菜花铺展了一段金黄色的希望和美好；某一个傍晚，一只疲倦的鸟贴着窗玻璃飞过；某一个雨夜，满车厢里都是陌生人沉重的呼吸，只有她一个人听着火车车轮在雨水中撞击铁轨的声音……云裳想：我要怎样才能叫你知道，那路上的美丽与哀愁；我要怎样才能叫你明白，我所见到的风景；你怎样才能够还我一段永远无法重复和复制的岁月？

也许很多年以后，陈云裳再想起来这一段插曲的时候，终会明白：说要来看你的那个人，还有你去看的那个人，都是无法与之相爱的。因了他的存在，你的感情无法裸露，无法敞开，无法淋漓尽致地表白。你只能欲罢不能，欲语还休。于是，你只能选择晦涩起来，然而又害怕晦涩得太不高明，生怕在哪里就被人看出了破绽。

在某一个大雨倾盆的夜晚，陈云裳看见自己的内心，可耻得近于残忍，但是，她也只能如此。已经断了的联系，怎么才能再捡起来？因为爱过啊，怎么可能无动于衷？云裳啊，是你选择了离开，是你自己要作出这样的决定，她对自己说，她无数次地对自己强调。当一个人离开了另一个人，爱着或者不爱，都无法再继续有联系。除非彼此都怀着相同的念头。已经离开了，就不能再有回头路。

哦，那些爱过、恨过、留恋过、挽留过、遗憾过、错过的人们，在这样远去的时光里，会不会心生悔意，宽恕自己，也原谅别人？

可是，还能说什么呢？那些认识过，又逐渐淡忘的人，那些在自己的生命里狠狠划过印迹的人，那些自己终将无法忘记但是也再无法相见的人，那些被自己无意或者有意伤害过的人，都已经冉也不见了。

可是她还是选择了去他曾经所在的城市。这样的理由，她谁也不能告诉。告诉别人有什么用呢，没有人会理解的。为了一个人，去了那个他生活过的地方。这多么滑稽，多么荒唐！

四

不久，成益果然于“百忙”中抽出了时间请陈云裳吃了顿饭。她也见到朱采绿的女儿，小成韵。人说女儿长得像爸爸，一点也不错，小成韵眼角眉梢都透着成益的味道。

“幸好女儿不像我。”朱采绿说。

“像你也很美呀！”陈云裳由衷地赞叹。如今的朱采绿真是美女了。

“哎呀，我小时候丑得要命，比大学时候还丑。将来她要长成我那模样，还不是一样没有朋友。”朱采绿快言快语。成益看了她一眼，她顿时就闭了口，眼皮往下一搭，饭桌上暂时沉默了。是那一眼的功劳，就是那细微的一眼，还是被云裳看到了。

“对了，成益，你还写诗吗？”陈云裳转换话题。

“啊，哈哈，还写什么诗啊，我现在做生意了，没心思了，离诗真是要多远有多远。来来来，干杯！”

陈云裳也笑。朱采绿嘴角牵动了一下，好像不屑地哼了一声。

“你来芜城了多好呀。采绿天天说没有同学，没有朋友，说连吃饭逛街都没人陪。你说说，我一天到晚忙死了，哪有工夫陪她呀。哎哟，都快把我给烦死了。”成益抱怨着。

朱采绿就在旁边笑。陈云裳看着采绿的笑，忽然就想起一个词：巧笑倩兮。如今什么样的好词语都可以用在朱采绿身上，而且，还是当了妈妈的朱采绿。陈云裳不知道那些曾经很排斥朱采绿的女同学如今见了朱采绿会有怎样的想法，用时下流行的词来说一定就是“羡慕嫉妒恨”了吧。

事后，陈云裳说：“采绿，咱们同学谁也没有你过得幸福……”

朱采绿脸色暗淡下来，许久才说一句：“家家有本难念的经。”

成韵不上幼儿园的时候有朱采绿的母亲带着。朱采绿每天闲着，陈云裳劝她出来做事，做事的话时间就好打发多了，也不至于这样每天不知道做什么好。

“成益不想叫我出来做事。”朱采绿无精打采地，“最近他还老是和我妈吵架。"

"啊，和你妈吵什么架啊?"陈云裳有些吃惊。按说，要吵架也是两夫妻吵架，哪有女婿和岳母吵架的。

"他老是不回来，回来就对我们指手画脚。我妈看不过去，就老爱唠叨他。你说，一个老人，唠叨就唠叨两句呗。他还真行，就跟我妈吵。有时候还说是我怂恿我妈唠叨他。"朱采绿有点失神。

陈云裳觉得他们并不像她所看到的那样幸福，也许真如朱采绿所说，家家有本难念的经。一时间，她对自己这种一个人吃饱全家不饿的自由状态感到欣慰了，但这所谓的欣慰也不过是自欺欺人的自我安慰罢了。无论如何，快三十的人了，不成家，没有男朋友，绝对不是一种生活的常态。她的朋友，她的同学，和她在马路上擦肩而过的陌生人，大都是按照这样的程式来生活的。朱采绿就是非常好的例子。

五

朱采绿的生活和她的是完全不同的两种生活。陈云裳有时候看着他们既羡慕又有点悲哀。日常的生活啊，谁不是磕磕绊绊、吵吵闹闹？她也愿意有个人，陪着她，吵架，斗嘴，或者什么也不说，安静地坐在黄昏的客厅里，看一集又一集不问剧情的肥皂剧。但是有时又会想，这样有什么好呢，一辈子就这样完结了。

天阴沉沉的，陈云裳坐在办公室里，快要下班了，忽然想去看一场电影，可是又不知道看什么。现在的电影总叫人提不起神来，喜剧片太庸俗，几乎都是恶搞，太没水准；悲剧片么，她又不想看，那些埋下的伏笔总叫人一眼就看出来了，说再做最后一次就结束、就收手、就回家吃饭，或者归隐江湖，总要在那最后一次上，饮恨而终。动作片太血腥，恐怖片又太吓人，爱情片，她要流眼泪的，倒不是为男女主人公，而是为那些只有在银幕上才会出现的爱情……如此说来，真是没有电影可以看了。

但是天阴沉沉的，做什么好呢？打电话给朱采绿，说要一起看电影。朱采绿却说："不行啊，天气不好，我家成韵闹人呢，你自己去吧，改天我陪你。"

正在她考虑自己要不要去看电影的时候，"轰隆隆"的一声雷响了起来，大雨倾盆而至。她心里好像放下了一块大石头似的，不自觉地呼出了一口长气。

电影可以不必去看了，她在心里说。说完，她又失笑：仿佛谁逼着她去看电影似的。为什么呀？想去就去不想去就算呗，有什么关系，还要找下雨的借口。为了这一点微小的心思，她不禁给自己一个怜惜又宠溺的微笑。

这雨下得正好，外面一棵榆树细碎繁盛的叶子在雨中翻滚，不知什么时候刮来的风翻开了它们的内心。风越过榆树梢头，一下子就吹进了她在七楼的办公室。窗帘呼啦一下扬起来，风裹挟着微微带点腥味的雨闯了进来，桌子上的纸也飞起来了。她赶紧把窗户关上了。办公室只剩下她一个人了，其他人早走了。这个清闲的工作，当然工资也很微薄。

办公室离住的地方还有一段距离，这个时候是不好打出租车的，离公交车站也有一段路。她裹了裹衣服——其实只穿了一件短袖T恤，怎么裹呢，不过是象征性地好像要把自己包得更严实一点。一把小巧的太阳伞刚一打开就被风吹翻了。还是算了吧。她收起伞，悲壮地走进了雨中。

走了一半，她才想起“亲戚”还没走，这样淋雨是要淋坏的，可是，就叫它坏去吧。

到了家，换下湿淋淋的衣服，冲澡。不知到什么时候才想起来看手机，打开一看，有三个未接电话，都是朱采绿打来的，再看看时间，就是在她冒雨走路的时候打来的。

她赶紧回过去。朱采绿说：“云裳，你在哪里？我陪你看电影去。”

云裳有点惊讶：“下雨了，你要陪成韵呀。我什么时候都可以的。无所谓，没关系。”

采绿接着说：“她爸爸回来了，我可以出去了。我们先去碧云天坐一会儿吧。”

不由分说地，朱采绿就挂了电话。

陈云裳到碧云天的时候，朱采绿已经到了。

云裳刚坐下，朱采绿就犹犹豫豫地说：“云裳，成益要假离婚，你怎么看？”

“为什么？”

“唉，还不是为了房子，你知道，现在房价涨得厉害。”朱采绿似乎有点底气不足的样子。

“怎么，你们不会想效仿网上的……”陈云裳还没说完，就笑开了。

“哪里呀，你别打趣了。我跟你说正事。”

云裳止住笑，才发现朱采绿从来没有如此一本正经。

“成益说是要跟我假离婚，可是我觉得他是想真离婚。”

“啊？不会吧，成益对你多好呀，他怎么会想要离婚啊！再说了，即使他想离婚，也不至于出这样的招吧。你想太多了吧？”

“没有，他这些天总是不对劲。我觉得他一定有什么事情瞒着我。”朱采绿皱着眉头，“其实他真的要离婚我也没有办法，我也不会拦着他，当然也拦不住他。只是我在想，他要离婚做什么呢？”

这个天真的女人，云裳心里想，如果是成益想借此假戏真做，无非是觉得真提出离婚，太过困难重重，采绿一定会缠着他不放。但是，从采绿的表现来看，好像她早已料到成益会和她离婚。

“从和成益在一起的那一刻起，我就天天在设想他和我分手的情形。只是没想到会是现在啊。”朱采绿柔柔地说，好像在说别人家的事情。

云裳不知说什么才好，她只好安慰她：“采绿，也许真的只是为了房子，你别想太多了。”

但是女人的直觉一向是很准的，这个世界上最擅长捕风捉影，最能拿捏住蛛丝马迹的不是侦探，而是女人。

果不其然，过了一个月，朱采绿就哭哭啼啼地向陈云裳叫嚷，说她要和成益离婚，一定要离婚。

六

一阵幽香从窗户里透进来，顺着香味往下望去，一丛墨绿的灌木端端正正地长在楼下。那绿丛中的白色花朵，星星点点地散落在叶子中间。云裳看不清楚那是什么花，下去看才认出来是一丛栀子。她想起去年此时，楼下的栀子花准备了很多花骨朵儿，自己每天早晨几乎都是被花香叫醒，那是一种毫不吝啬、汪洋恣肆的香。可是那花的花期也短，一场雨水就将花朵打得不成样子。如果摘下来放在房间里，可以香几天，但是颜色就不那么好看。乳白色的花瓣太容易受伤，轻轻一碰就是一个不可恢复的伤痕，放几天，颜色逐渐变黄，像是发霉一样。

爱情是不是这个样子的？遥远的，得不到的，都是最美的，一旦到手，也许就不是自己想要的。她想起那个人。也许这样的结局是最好的吧，有一个人在心底，她随时可以想起，也可以遗忘。就像她曾经看过的一篇小说，那个陌生的女人，在写给终其一生爱着的人的信中说：我要你一辈子想到我的时候，没有忧愁。是啊，这样毫无指望，丝毫不需要回报的爱情，哪里会带给他忧愁。所谓的爱情其实是一场自我摧残、自我折磨的狂热游戏，当它变成了遗憾，它也便得到了永生。

云裳这样想的时候，就觉得自己好像是一个爱情大师，可笑又滑稽：分析别人的时候头头是道，轮到自己，茫然不知所措。那个人是否也会将她当成某种遗憾放在心底？不，绝不。她自认还没有达到小说中主人公那样的境界，既然无此境界，即使她黯然死去，他也不会动容。都是各自的路人了，还有什么叫人内心触动的感情呢？

七

“你知道吗，云裳，成益的那些诗，其实，其实都是我写的。”朱采绿说。

“啊！你写的?！不会吧？”陈云裳很惊讶。她才不会相信那些曾经叫中文系女生夜不能寐的诗歌出自朱采绿之手。

“他哪里会写诗?”朱采绿冷笑着,“他不过是沽名钓誉罢了。”

“他怎么会看上我?你说他怎么会看上我?我是什么人啊,人见人躲的丑小鸭。男同学取笑我倒也罢了,可是女同学也照样取笑我。成益呢,多好看啊,多少人追在后面只是为了看他一眼啊。云裳,你想,这是天上地下。可是我爱他,我爱他爱得死去活来,爱得昏天暗地,你们谁也不知道吧。我不能叫你们知道,如果叫你们知道了,我还有什么脸面待在政教系。我写诗,所有的诗都是写给他的。我每天在他可能会出现的地方等,我看着他走过去,却一句话也不敢说。可是有一天,他竟然对我说,要我做他的女朋友。你知道当时我的心情吗?我第一反应不是激动而是怀疑,我日思夜想的事情终于发生了,可是由于太没有可能发生,我会觉得这不是真的。这是真的吗?追他的人那么多,他怎么可能看上我这个一无所有的丑姑娘。

“可是他的解释是,他看了我写的诗。

“哦,是的。我写给他的诗,就是你们看到的他的那些诗。多么忧伤多么感人,都是我写的,都是我饱含着对他的爱写下的。说来不怕你笑话,那些诗,是我把自己想象成成益,再把成益当成是我,写出来的。想象中的世界里,成益爱朱采绿,所以成益写诗给她,写那些叫全校轰动的诗给她。

“很多人都知道那些诗,都以为是成益写的,都以为是成益写给他心爱的女孩子的。可是,他们从来不知道那是我。那个埋藏在诗里,独自幸福又坦白的人是我。

“我所不能想到的是,他竟然真如诗歌里写的一样,爱上了我。我不知道这是好事还是坏事。当然,没有他,也就没有现在的我。我现在是不是变得和以前不一样了？他激发了我的爱美之心，是他发掘了我作为女人的魅力。毫不夸张地说，是他亲手创造了现在的我，为此，我感激他。

“他怎么知道我写的这些诗？哼，是我拿出来的，我以他的名义把它们送到校文学社，留了他的联系方式。

“他一开始很惊讶，可是竟然没有辩解，他承认了。

“唉，其实这些都是小事。成了他的女朋友之后，都是我写诗，他署名。

“我曾经问过他，为什么是我，为什么选择我。他说，采绿，你有才气，这恰恰是我所缺少的。他说我不像咱们班那些女孩爱慕虚荣，爱那些表面的浮华。他还说我有母亲般的柔情，而这柔情叫他着迷，这是他从别的女孩身上无法得到的。

“那时候，我觉得我是世界上最幸福的女孩，最幸福的。尽管我一个朋友也没有。每当我和成益出双入对，我都能感觉到从身边投来的一道道又羡慕又嫉恨的目光。一开始，我总是低着头，我觉得我配不上我所爱的人。是成益将我低下的头轻轻地扳起来，是他告诉我，最美的最高贵的是我。

“他真的是个体贴的有风度的男朋友。和他在一起，我感觉自己像是一个公主。我时常觉得这是一个梦，时常觉得这个梦将要在某一个时刻醒来，每天都心惊胆战。我觉得太不真实了，我为这个即将醒来的时刻而时刻准备着。直到毕业了，结了婚，我才真真切切地相信了：成益，他是属于我的。

“云裳，他现在已经觉得我和其他人没有什么两样了，所以他要和我离婚。他喜欢的并不是叫朱采绿的这个我，而是他自以为是的成就感和与众不同。当初，他选择我，是因为他要让人们知道他是个多么伟大的人，他只是为了作出这样的证明。

“我多么多么幸运，你看，我这样的灰姑娘，竟会被王子捡回家，无上光荣啊。他是多么地不察人以貌。可是现在我已经不是那个灰姑娘了，不能再衬托出他人格的高贵了。走在一起，人们说，看看，这真是一对璧人，天作之合啊。别以为他会高兴，他不高兴。从前他好看，他要以我的不好看来衬托他的好看，现在他成功了，他要以我的不成功来衬托他的成功。他一直希望我是一个黄脸婆，这样，他就能在酒桌上把我带去，然后意气风发地说：贫贱之交不可忘，糟糠之妻不下堂！但是我现在不是‘糟糠之妻’，他怎么样才能体现他的那种优越感和他引以为豪的救赎感?

“离婚不能由他提出，这和他的理论相悖，但是他又不能忍受我如今的姿态。不管怎样他都不能释怀，只好想出这样的招数，渐渐地对我不满，对这个家不满，渐渐地夜不归宿，渐渐地鸡蛋里挑骨头，都是为了叫我忍无可忍，然后先提出离婚。你知道，只在这一个‘先’字上……”

八

陈云裳很久都没有反应过来。她不能相信，她所定义的并为之感慨良久的那种“吸引”竟然是出于这样的理由。

他们终于还是离了。陈云裳觉得好像自己离了婚一样，久久不能从这样的情境中摆脱出来。倒是朱采绿，事后像没事人一样，丝毫不觉得离婚是个多大的事。也许，采绿已经暗自悲伤过了。伤口在自己身上的时候，才会知道有多痛。

但是，又有什么好悲伤的呢？朱采绿已经不再是从前的朱采绿了，陈云裳也一样。

云裳不知道该为朱采绿高兴还是悲伤，她也不知道该为自己高兴还是悲伤。有的爱情背后隐藏着不为人知的阴暗，各人都有自己的小算盘。假借爱情的名义，是真的爱那个人，还是爱那个爱情中自己的模样？就像一首歌里唱的，可是为情奉献，让她觉得，自己是骄傲的、伟大的……

看，多么伟大。

请为这良夜取个温暖的名字

她坐在马桶上，手机忘了带进来，百无聊赖的如厕时间，她四处寻找能够打发时间的东西。洗发水瓶，离得太远，上面的字又太小，只能看到几个大字：透明质酸水润……往左边侧眼的一瞬，她注意到放卫生纸的袋子里有一本杂志。她如获至宝。

这是一本诗歌杂志，杂志是打开的，第26页被卷在了后面。她一眼看到的是第27页。

情诗（一）

这夜里只有安静的风
风声呼啸。从那么远的地方赶来
我想起你，低头看地上的影子
又抬起头，看山上的云影
生活啊，叫人不忍提起
从前的白月光，从前的寒星辰
从前的你和你的旧情爱
都叫人内心悲伤

那么多从前被错过
那么多青春岁月我无从挂念
爱情犹如镜花水月
而你在我心里

她读着，有一点悲伤，凭直觉判断这诗一定是一个女诗人写的，于是看了作者的名字：陌上桑。这名字有点熟悉，好像在哪里听说过。

她不读新诗，古诗还是读一点的。她觉得新诗太不像样，算什么呢？她不喜欢。新诗哪里比得上古诗呢？“晚来天欲雪，能饮一杯无”“昔别君未婚，儿女忽成行”“人世几回伤往事，山形依旧枕寒流”……你看短短的几句诗生出来多少意境？

但她的丈夫偏偏是个诗人，她几乎没有读过他的诗。当然她不会跟他说，现代诗不如古诗。她知道，他一定会说，这根本是两码事！古诗和新诗能比吗？压根儿是两码事！但她是爱着写新诗的他的。也许就是因为他是个诗人，她才爱上了他。她也说不清。

说起来，她的丈夫也算是个小有名气的诗人了，不止在本县，在外地也有点小名气。经常有文学笔会邀请他参加，什么采风、诗歌颁奖赛、学习班、文学院上课，经常有他的身影。

书房里，他的书和杂志几乎占满了整个书架，他喜欢看书，喜欢写诗。只有书架最里面的一小排是她的领地：烹饪杂志、食谱、面包烘焙、编织大全，当然，还有几本她喜欢的古诗，《乐府诗》《古诗十九首》《汉魏六朝诗选》，白居易、刘禹锡、杜牧、秦少游……他的书，她是不爱看的，辛波斯卡、莱蒙托夫、弗罗斯特，都是一些拗口的名字，外国诗有什么好看？翻译过来别别扭扭，是新诗的行子，却押着奇怪的韵脚。总之，她是读不来。但他读得津津有味。

不读古诗，怎么写得出新诗呢？她常常想。但是他偏偏不爱读古诗。但据说，他的诗歌是写得不错的。有著名评论家给他写过诗评，称他是同代诗人里的佼佼者，还有评论家说他的诗歌有种难以言说的忧愁，诗意盎然，意象独特，诸如此类。这倒不是他自己告诉她的，是她参加一些饭局的时候，听他的同行们说的。像这样的文人聚会，她不经常参加。一是她不想参加，无非是一群文人互相吹捧，互相打趣，尽管有时候也有“学术研讨”——她照例是听不懂的。有时候批评哪个不在视野范围的诗人写得真烂，或者八卦一下某个女诗人的绯闻：某某女诗人一定巴结了某刊主编，你看，那杂志给她发了一大组诗歌！仿佛哪个女人只要在男人主编的杂志上发了作品，就一定暗藏着暧昧和不堪似的！第二个呢，她知道其实他也不太愿意让她参加，毕竟有诸多不便。更何况，他们都是文人，她参加这样的活动有什么意思呢？又聊不到一块去！除非，他们都带了妻子或者丈夫——年终的时候，本地的几位文人照例是有这样的聚会的，大家都互相认识，借聚会联络感情，也让另一半继续支持自己的文学事业。

还有别的时候，比如，外地的诗友、学习班的同学等等带着自己的爱人来游玩、采风，本地的照例要接待一下，这样的聚会，她是要参加的，而且要表现得得体、热情、周到、大方。

有时候出去吃饭，时不时地总有人提起，你丈夫很牛气哎，他的诗集送我们一本啊。她哭笑不得。诗集！诗集！一本都没有卖出去的诗集，地下室里一捆一捆的！放着做什么，送送送！

但是送人的话，他是不怎么高兴的：什么人都送！那些个人，能读得懂诗吗？他们懂得什么是诗吗？俗里俗气的！

每每此刻，她也不想争辩。读不懂诗就俗气了？有时候她还真想送他两个大大的“呵呵”。

就那么一瞬，她忽然想起，陌上桑这个名字，好像她听说过的！有一年端午节，他说和他一起上写作班的同学，叫什么玉芝的来了，他需要接待一下。“玉芝也是位诗人，很有名气的哦！她这次来，想去那拉提、赛里木湖等地看看。”

“我要陪同，老婆大人！请批准！她一个人来的，当然，是我们几个同学一起接待。”他说了几个名字，都是她熟悉的。她知道，他们几个人一起去上过芜湖的那个写作班。

本来说好了一起去徒步的，这突然的变故让她有点不高兴，但她还是同意了。朋友来了，诗友来了，自然是要陪一陪。他去外地，还不是一样麻烦别人。

“我要用车，老婆大人。”

用就用呗。反正自己也不用。

得到应允，他很高兴。她忙碌的时候，听见他挨个打电话给他的诗友们：陌上桑来新疆了，周五晚上牧羊人家聚会，有时间吗？

那个端午，她一个人报了户外俱乐部，两天走了两条线，一条是从乌库尔齐穿越到白石峰，一条是从将军沟穿越到赛里木湖。正是初夏，伊犁河谷繁花盛开，群山绿意融融，她很享受这样的徒步活动，丈夫没有参加，是他的遗憾。

陌上桑，就是那个玉芝吧。从卫生间出来，她忽然想起来。于是又拿来那本杂志，重新读那几首诗：

爱情犹如镜花水月
而你在我心里

在那拉提，
我们默立、对望
天空中群鹰飞翔
脚下鲜花盛放

放假三天，他一直不在家，和诗友一起陪着那位芜湖来的女诗人。

此刻，她心里涌起一种不祥的预感：那个女诗人，陌上桑，什么玉芝，写下的这一首首情诗是给谁的？

“她很有名气的哦！”丈夫的话音犹在耳畔。所谓的有名气，在他看来，就是在有影响力的诗歌刊物上发表过很多作品，被一本又一本的年选选入。她忽然想起书房里那些她从来没有碰过的杂志。

她怀着某种隐秘的恐惧走进了书房。杂志很好找，就固定地放在那一排。很多诗歌刊物，她翻目录，看到丈夫的笔名，偶尔也看到本地一些诗人的名字。在一本诗歌杂志上，她看到了他们芜湖学习班的一期专辑，有她丈夫的，也有陌上桑的。她翻开刊有陌上桑诗歌的那一页。写各种花草，写山川湖泊，没有什么特别，不是情诗。她如释重负，却又隐隐含着失望，仿佛一定要找出点蛛丝马迹才对。

但新疆那么大，那个女诗人的诗友和同学也不止丈夫一个，也许是别人？她想了想，只有几个人是他们学习班的同学。她一个一个在心里排除，只剩下丈夫和另外一个了。她拿起手机，想拨电话，又放下。过了一会儿，她拨给了那位诗人的爱人。

“什么时候聚聚？好久没见了。”她以聚会为由开始了这次通话。

“好啊，大家什么时候有空约好，两家人一起热闹一下。去我娘家果园摘果子去！”那边热情地说。

“对了，端午节就打算约你们呢，又想你可能要回娘家，就没打电话。”她说。

“是呢，端午节也想着咱们聚聚呢，但我娘家大田草莓熟得多，我和老公去帮忙摘草莓了，忙死了！”

如五雷轰顶！

那么端午节，几个同学一起接待陌上桑的事是子虚乌有？他们去了那拉提，在草原深处，在星空下，在湖水边，互吐情意，互诉思念，卿卿我我……

那时候，他们才刚刚认识！她脑海里闪过这样的念头。在最新的杂志上找！她既然那么有名，一定还会在别的杂志上见到！她合上一本，又打开一本。

终于，她又看到署名陌上桑的《情诗》：

爱人！你九点钟尚未沉没的太阳
并不曾照过我的忧伤

她心里一阵恐慌，却又忍不住往下翻，她的手在发抖。“九点钟尚未沉没的太阳”，这是他曾经写过的一首诗里的一句，在不同的场合，她听到过他或者别人充满激情的朗诵。哦，“九点钟尚未沉没的太阳”！这句诗在她耳边痛苦地回响。

窗外阳光刺眼，天蓝得刺眼。西边的天空，大块的云朵低垂，一层叠着一层。东边群山在阳光下，显得更加清晰。山顶的雪像为群山镶了一道银边，轮廓柔美极了。

哦，远山轮廓柔美，使人心生悔意呵。

在另外的杂志里，她看到那个女诗人越来越多的情诗，那些纯粹的被命名为情诗的诗，充斥了太多的新疆元素，那拉提、天山红花、草原、鹰、雪岭云杉、赛里木湖、天山……那些并不属于陌上桑的名词，在她的笔下，闪烁着暧昧的光泽，那光是照给了谁？

赛里木湖水冰凉
六月的雪山安静
湖水安静，你安静地
望着我，什么也没有说

你告诉我每一朵花的名字
它们多么美！连同它们的名字！

赛里木湖！她那天翻山越岭的时候，他是不是带着他的女诗人环游赛里木湖？她看过的湖水、云朵的影子、天鹅，她教给他那些植物的名字——野郁金香、金莲花、点地梅……他一一指给了他的女诗人看？她在山顶俯瞰的时候，他们是不是正在湖边依偎，看着远山？她在人群中孤孤单单行走的时候，他们是不是正肩并肩手挽手地在纯洁的赛里木湖边说着无耻的情话？

她想起他们恋爱的时光。他写诗给她，尽管她并不喜欢新诗，但还是从中读出了某种情意，她爱上了这个给她写诗的诗人。啊！怎么说呢？他细心，幽默，有着与众不同的魅力。但若叫她细细说明他哪一点好，哪一点有魅力，她又说不清楚。

他多愁善感，春花秋月，风吹影动，都能让他赋诗一首；春分谷雨，寒露霜降，也是他诗中的常客。这些也是她所喜欢的，也许，正因为此，她才原谅了他不读古诗的固执。这些风物何曾变过？

沉浸在回忆中，她仍在翻那些仿佛翻不完的杂志。

她翻到了一首诗。她颤抖的手指翻到了这一页，《情诗——致S》。S正是她丈夫笔名的第一个字母！

她用颤抖的手指一个字一个字地抚摩那一行行暗藏爱意的句子。那句子里有更暧昧的词语。她不敢往词语的背后想，她不知道该怎么想象。

如此你这样睡着
我不敢呼吸，怕我的情爱
吵醒一个夏天的梦境
我不说爱情
不说你诗中的某一句
甚至不说梅花和江南
不说故乡与旧地
不说某一天的月亮如何照出你的身影
不说乌鸦们为谁鸣叫

我什么也不说
而你全都懂得

他们是什么时候在一起的？是在芜湖，在那拉提，还是在碧蓝的赛里木湖边？是在哪一个毡房里？

去芜湖已经是好几年前了，那么他们已经爱了这么久了吗？他们之前是否就已经相识相知甚至相爱？她不知道，也不敢想。

那么，这些年来，他一直背着她爱着另一个女人吗？他是怎么做到的？她并未觉察出他对自己的态度有什么变化。自从结婚到现在，没有变得更好，也没有变得更坏，好像始终就是最初的样子。如果他有变化，她不会不知道的。但是他怎么做到一边从自己身边醒来，一边又对着另外一个人说情话？他怎么做到一边爱着她，一边爱着那个遥远的女诗人？

她一阵恶心。

下午，她仍坐在书房中。丈夫出去了，要到晚上才回来。女友打来电话，向她诉说家中琐事，孩子又顽皮啦，老公仍是不知道帮忙，婆婆又啰唆又固执，总是按老一套带孩子……

女友仍在抱怨，她没有在听。她想起曾经爱过的那个男人。很奇怪，这样的时刻，她竟然想起曾经的爱人。那段恋情可以算是无疾而终，他们也谈起过结婚的事，但最后他说，我们不适合结婚。后来感情就渐渐淡了。不适合结婚？女人谈恋爱时大概都想过婚姻吧，但是“我们感情虽好，我虽然爱你，但合适的结婚对象不是你”，遇到这样的回答，不管是谁都会有些忧伤吧？既然如此，那么我们就各自寻找适合自己的结婚对象吧。

爱的当时，也是刻骨铭心。那个人会唱好听的歌，会给她各种小惊喜，突然出现在她家楼下，给她送生日礼物。知道她喜欢古诗，他会买好几种不同版本的诗集给她。那个人喜欢植物，写一手好看的字，还会画画。他抄《古诗十九首》给她，每一首诗都配上浅淡的素描。她至今还把那些诗和画珍藏在老家妈妈的房子里。

那些他们一起背过的古诗，他画过的芙蓉、蘼芜、园中柳、陵上柏、翠竹、菟丝子和女萝，那西北高楼上的明月、楼上窗边的思妇……都藏在了岁月的深处。那些深埋在岁月深处的东西，却在这样的一个时刻，被她不合时宜地想了起来。

从前的朋友告诉过她一些那个人的消息。“他找了一个没有你好看的妻子，他的妻子脾气不好，但对他挺好的，只会做家务。”朋友说完撇撇嘴。她听后笑笑。朋友的话，也只当是安慰自己。好看有什么用？脾气好有什么用？做家务她也是会的呀，但仍旧不是“合适的结婚对象”。还有什么比这更让人沮丧呢？

如果当时和他结婚了呢？此刻，她冒出这样的想法。

“喂，你在不在听？什么时候到我家来帮我带孩子？我都快得产后抑郁了！”女友的话打断她漫无边际的思绪。她连声答应，说过几天闲了就去帮她带孩子，去缓解她的产后抑郁。

是啊，如果当时嫁的不是这个诗人S，她会不会也像女友一样，为琐事而烦躁，因婆媳问题而天天生闷气，为怎么带孩子而与丈夫恶言相向？

诗人S，她突然觉得陌生起来，她从来没有这样称呼过丈夫。诗人S，她的丈夫，是一个温柔的人，结婚以来，他们从未吵过架。他们也吵不起来。那些气，她还在生的时候，他早已经忘记，转过头又问她，晚上吃什么。都晚上吃什么了，她还有什么好气的！气也只是自己一个人气，久而久之，她也习以为常，有气的时候就出去走走，走回来，气也消了。

嫁给诗人，并没有像别人说的那么浪漫。尽管一开始，她也怀着浪漫的想法。诗人写诗，跟木匠做木工、厨师做饭、瓦工砌墙有什么不一样？诗人爱看书爱写诗的爱，跟打麻将的人爱打麻将的爱有明确的分别吗？诗人也是人，也有这般那般的缺点。要说浪漫，那并不是诗人或者文人的专利。她的表弟，初中毕业，几本书也不曾念，追媳妇的时候，要多浪漫有多浪漫，让她羡慕不已。一个人浪漫不浪漫，可能要看是对谁。

这么一想，她忽然又有点悲哀，那么这个不浪漫的浪漫诗人的浪漫都到哪里去了？是给女诗人陌上桑了吗？

黄昏的光从窗外照进来，已经到了傍晚了。这“九点钟尚未沉没的太阳”！

她深深地吸了一口气，想象女诗人陌上桑九点钟的生活。

芜湖的九点钟已是夜晚。她去过那座城市，她一度很喜欢“芜湖”这个名字：芜，是水草丰美，湖，是波光潋滟。多么美的地方。那时候，她还没有认识丈夫，那时候，她还爱着别人。

九点钟的芜湖，霓虹灯闪烁，女诗人陌上桑是在湖边写诗吗，还是像从前的自己，在高大的老柳树下，看柳丝低垂，湖水荡漾，心里怀念那个身在远方的人？陌上桑怀念的那个人，如今正是自己的丈夫，是诗人S，情诗里的S。

“穿暗格衬衫的你，在渡春路。”那件暗格衬衫是她在结婚纪念日那天送他的，却被他的女诗人写在了诗句中！她忍着心中的愤怒。

他们在一起那么久了，她竟然没有意识到他有什么变化。这个黄昏，她坐在书房里，看着那一本本杂志，回想丈夫从前的可能称得上变化的蛛丝马迹。

可是有什么变化值得一提呢？他们不知道彼此的手机密码，他们从未要求过对方告知彼此的密码。

他们都喜欢抱着手机，刷朋友圈，刷微博，这是多么平常的生活！她刷她的鸡汤文、八卦、做饭的公众号，他刷他的诗歌圈、杂志公众平台。他出没于许多深夜还热闹着的诗歌圈，这里面未必没有陌上桑吧。她越想越愤怒，继而是沮丧、是失望：她自己竟没有注意过这些！

如果当时就注意，如今的事会不会发生呢？那个女诗人，究竟比自己好在哪里？她会写诗？那些诗有什么好，竟然也到处发表！就是那样的诗让她成为著名的诗人，让她去抢别人的丈夫吗？怎么好意思！但是她真的注意到了每一个细节，她的丈夫、诗人S就能够安稳地待在她身边，一生只爱她一人吗？

她想起来有一次无意中在丈夫的笔记本中看到的句子：“从前的日色变得慢/车，马，邮件都慢/一生只够爱一个人。”能抄写这样的句子的人，竟还会爱上别的人吗？

那个陌上桑，是能够读懂他诗歌的人吧。她必定是不俗气的吧。

上次她来，自己怎么没有想过要见一见呢？唉……那时也没有想到他们竟是这样的关系啊。

她在一本杂志的《重点推荐》上看到了女诗人的黑白照：长发，眼神妩媚哀怨，有种说不上来的妖娆。

好几年过去了，这才明白过来吗？怎么如此后知后觉？她不禁恨起自己来。既然他爱他的女诗人，那么为什么不早早告诉自己？她又恨起了丈夫。好好写诗难道不行吗？做什么要勾引人家的丈夫？她紧接着恨起了女诗人。

但无论恨谁都于事无补。她怎么知道谁先爱上谁的，谁先勾引谁的。也许一切都只能怪自己那个多愁善感的会写诗的丈夫呢。那她也不应该和他相爱！她的恨意仍在心底。

在这样一个破碎凄凉的时刻，她再一次想起了从前的爱人。从前那些细微的片段，那个人拥抱她的时候，那个人给她抄古诗画花草的时候，那个人牵着她在江边散步的时候……那些她当时不曾在意的细节，在此刻一一浮现。那些被当时的她当作庸常的普通的瞬间，此刻被她一一捡拾。泪水涌出眼眶，此时此刻，她多么想念那个人！

但是往事不可追忆，不可回望。

为什么别人都那么幸福？

这几年里，他外出的机会逐渐增多，每次他们是不是都见了面？在汉江畔，在鄱阳湖，在桃花潭，在她眼皮子底下的赛里木湖！

他写过什么诗给女诗人吗？她侦探一样细细翻阅，没有什么，几乎没有什么，她只在一本选刊上看到了丈夫的几首诗。其中有这样的句子：

> 于是我写下：
> 镜湖、赭山、天门山下的江水
> 我写下：冰冻街、渡春路

写下一个又一个名词
写下我们的相遇相知相爱和别离
和欢愉不再痛彻心扉的夜晚

哦，痛彻心扉的夜晚！

她想象着他们的温柔细语。痛彻心扉的夜晚，他们在谈些什么？读彼此的诗歌吗？互相赞美吗？他们一定也像寻常的恋人那样拥抱亲吻做爱吧！他说给她听的情话，是不是还说给了他的女诗人？还是他像写诗一样，绝不重复从前说过的情话？女诗人，确定无疑地一首一首地写诗给他。这便是他要的吗？

有时候，你会否想起：
我窗外那棵茂盛的香樟
镜湖边情人的拥抱
赭山上樱花的漂亮
我们错过的公交车
错过的一场雨
和我们自己的错过

来，请为这良夜取个温暖的名字
雨在车窗外，声音洁净
我在想念天山之外的你
西北偏北的你
那拉提草原上的你……

暮色已经完全降临，对面楼房的灯光照进她没有开灯的房间，几盆花的影子在微风中轻轻摆动。长时间低垂的脖子酸痛，她站起身，用力揉了几下，又弯下腰收拾好一本本刊载有女诗人陌上桑诗句的杂志，回到客厅里坐着，打开了电视，像往常一样，等着晚归的诗人丈夫。

相 见 欢

坐在略显空荡的车厢里，陈莼看着窗外。黄昏的阳光斜铺在铁轨旁低洼的田地里，水牛拖着肥硕的身子，在放牛人的身后缓缓移动。火车正好通过长江大桥，速度一点一点慢下来。陈莼看见掠过车窗的鸟，一闪而逝。江面上，金色微微晃动，风不大，波浪轻浅，几只装沙的大船吃水很深，汽笛声浑厚又有悠长的味道。陈莼忽然有点想家，眼泪不由自主地就落了。看着车窗玻璃上映出自己的乱发，又有点不好意思，擦擦眼睛，撇撇嘴，当是微笑了一下。

过了大桥，火车才算出了芜城，还有两个小时，才到目的地。见到他，该怎么说呢。怎么忽然又回来了？陈莼有点为难。说来也是，昨天下午才从南城回来，李树把她送上五点十二分的火车。临走，她还说，下月此时，不见不散。一夜醒来，她忽然又想立刻去看他。然而原因呢，总不能说是想念吧，不好如此露骨。无非是做了个梦。她梦见李树搂着一个女人进电梯，她追过去，电梯门开了，李树和那女人一脚踏空，掉了下去。

然而奇怪的是那声音不是“嘭”，却好像是一滴水落进湖里，有着清澈而纯净的回响。

在这响声之后，陈莼并没有立刻醒来。在梦里她还异常清醒地分析了为什么电梯开了李树和他搂着的那个女人会掉下去，而且掉下去的声音是那样地干净澄澈。头疼而无果之后，带着困顿和不解，陈莼从这个梦境中走了出来。醒来的一刹那，陈莼想打电话给李树，摸到手机之后却又放弃了这个想法。因为一个梦大清早吵醒他的或许美好的梦实在有些残忍。闭着眼睛摸索到抱枕并迅速把它塞到头底下，陈莼这才睁开眼睛，找一本枕边书，翻上一页。但是不行，一个字也看不进去。

这个梦彻底破坏了陈莼的早晨阅读，于是起床。梳洗完毕，脑子里仍是这个梦，折腾得她精神恍惚。吃过午饭，她毅然决定再去南城。五点钟有一趟车，七点钟可以到。说来也奇怪，买到车票之后，她再也没有想这个梦了。

火车上，她一直犹豫要不要发短信告诉李树：我又来了。他会不会觉得自己烦，才走又来？因为旅途短暂还是车票太便宜？李树曾经这么说过她，因为陈莼的到来过于频繁，李树用于交际的时间变少了。毕竟他们关系非同一般：比朋友近太多，而与大街上手牵手，光明正大搂抱、接吻的情侣又不太一样。当然，他们都是名义上的单身，并非谁是谁的第三者。

火车渐渐加速，长江大桥过去了。陈莼忽然希望这火车开得慢一点，再慢一点。她不知道李树会是怎样的态度，尽管走的时候依依不舍，但是，但是……陈莼不想再多想了，管他呢，又不是犯法的事。她大可以正好借势使用那些在车站见面或者依依惜别的情侣们的惯用伎俩：撒娇。勾着他的脖子，脸贴着他的耳朵，甜腻地说：人家想你了嘛！但是这不是她的风格。实际上，她有很多次机会可以这么做，但在有第三人在场的情况下，她不会，绝对不会。他自然更不会。像是约定好的：他们在公众场合是这样普通的一对男女。不，不应该用一对，是一个男人和一个女人，客气，礼貌，微笑，保持不贴近亦不疏远的恰如其分的距离，如此而已。但是一旦回到李树的小屋（那个被他们称为2046的只有一扇向北的窗户的出租房），情侣之间可以上演的剧情在他们身上一样也不会少，深入骨髓地用力拥抱，无休止地亲吻、做爱。他们像偷情的男女，脱离另一半的、世俗的牵制，全身心投入一场惊心动魄的战役！

躺在李树那间只有一扇窗户的小房子里，汗水和身体的味道还未消散，他搂着她，说："每次念你的名字，我都有想家的感觉。秋风起，名士思鲈鱼念莼菜想家乡。于是乎，辞官归乡。哎，陈莼，你就是我的故乡。"听到这儿，陈莼总有鼻子发酸的感觉，抱着李树的双臂不由得又紧了几分。哦，一个男人对你说，你是我的故乡。这意味着什么？是归属，是依托，是永远不变的精神家园。这多么神圣！

深夜，窗户上没有灯光，他会说起自己的以前，说他剃了光头在大学校园里招摇时引来惊动；说他去水房打水，会看一看路过的草坪上垂丝海棠的铭牌；他在南校区的食堂二楼吃饭，会挑有窗户的，还要对着大马路的座位；他在2号教学楼406教室的最后一排读李清照的词；他去图书馆路过池塘，在木头桥上，低头看照影的水波……

陈莼一边怀了虔诚，一边心怀感激地听他说那些细微的美好。于是，陈莼想象那时他的孤独、忧伤、快乐，她越想越觉得这些已经与她产生了千丝万缕的关联。是的，李树再也不是孤单的一个人了。那些往事，因为他的述说、她的聆听，而有了交互渗透的互动，她仿佛已经具备了穿越时空的能力。她已经在了。是的，李树从来不是孤单的一个人，打水，吃饭，读诗，看书。那时，她已经在了。

倘若夜里下起一场小雨，他们尚未入睡，或者正好在雨声淅沥中醒来，李树就会梦呓一般，搂着陈莼："我们都是植物，我是一棵树，你是生长在故乡湖水里的莼菜。在这样的雨夜，我们有无数可以相通的血脉。"好像诗一般，他说这些的时候，声音微微颤抖。陈莼就这样一点一点地被感动着：我们的前世都是一样的，是这世上最自然、最干净的植物，在春风秋雨里缓慢生长。

想到这些，陈莼的嘴角露出微笑。火车前进着，风一样的速度。车窗外，暮色四合的荒野一片安谧。芜城和南城之间没有其他的车站，只要停一次，火车就到了。从南城车站到李树的出租屋，乘17路公交车。固定的线路，以至于在很久以后陈莼路过这个城市，在火车站门口看见17路公交车，就会感到一种熟悉的温馨，夹带着淡淡的孤寂哀愁。从火车站算起，经过十四个车站就到了一个叫冰冻街的小站。每次李树都是在这里接她。从车站下来，穿过一个地下通道，五分钟就到那个充满橘黄色灯光的2046。那儿是他们的桃花坞，是他们远离尘世的避难所。

但是今天，没有人来接她。她甚至不知道李树会不会因为她的突然到来而生气。他们之间的默契已经形成，每月，她从芜城乘火车到南城，在冰冻街的一条巷子里，在那个叫作2046的房间里，和他这样一个近于隐形的爱人度过甜蜜的一个星期。一年了，从没有谁打破它。但是，这一次，仅仅是因为一个梦，一个无关紧要甚至是无聊至极的梦，她又踏上了昨天才走出的火车车厢，并且以每小时八十公里的速度，从她的城市，来到她爱人的领地。

下了公交车，她又看了一眼这个熟悉得不能再熟悉的站牌：冰冻街。一阵风吹来，她猛地打了个冷战。七点四十分的南城已经是夜晚了。她掖了掖领口，转个弯，径直穿过地下通道。

离李树越来越近了，还有四分钟。她经过地下通道出口旁的那个馄饨摊。摆摊的两夫妻是安庆人。一盏四十瓦的灯泡几乎要亮到凌晨一点。李树曾从这里带过馄饨给她。去年冬天，李树出去和朋友吃饭，醉醺醺地回来，给她带了一碗热腾腾的小馄饨。冒着热气的汤上漂着葱花、紫菜，还有虾米。虾米馄饨，李树得意地说，你中学时吃过的。陈莼的眼泪一下子掉了下来。她只是在一次路过这个小摊的时候说起高中时在学校门口吃过的虾米馄饨，说那是每周一次对自己的犒赏：从繁重的学习中偷一个小时溜出来，只为了吃一碗带着虾米的热馄饨。他在醉酒之后竟还能想起来。陈莼不禁为这单纯而细微的关怀感动了。他此时多像一个体贴的男朋友！

馄饨摊上客人很多，男人把下好的馄饨一碗一碗地端上桌子，女人在灯下，飞速地捏着馄饨。锅里的汤蒸腾出一片轻柔的烟雾，女人的脸好看地氤氲在这一片雾气中。转过这个馄饨摊，还有三分钟了。她每走一步都呼吸困难。不知道为什么会有这样的感觉。紧张，过分地紧张。

终于转进李树所在的巷子了。他们的2046在三楼。这是一个老旧的家属院，零七散八租给了外来务工者。一楼是个卖卷饼的。每次陈莼路过都看见一个胖女人在洗菜。泥水泼了一地，路上散发着大葱辛辣的味道，其中还掺杂着生菜的甜腥味。借着她屋里散发出的浅黄色的光，陈莼提起裤腿，踮着脚尖匆忙走到楼梯处。一楼是水泥楼梯，她摸索着上去。楼下散出来的光被自己的影子遮住了，前进的路上漆黑一片。上了二楼，是一段铁楼梯。陈莼还能想起来白天见到的情形：悬空的铁楼梯上红色的油漆已经剥落，雨水侵蚀处，黑灰色的铁锈风吹即落。透过悬空的铁楼梯，一眼望到一楼的地板，有种摇摇欲坠的高空感。

楼道里很黑。月亮在对面的高楼上，那些许的光根本顾及不到陈莼的脚下。她很紧张，再上十一个台阶，就到三楼了，左转，走四步，就到李树的房门口了。

灯是亮的。她在楼梯上就看见了。她几乎能够想象他在屋里的全部生活。他烧热水，他躺在床头看书，他收拾唯一的柜子上杂乱的书，他仰头看一只绕着日光灯不停飞舞的蛾子……

她很紧张，腿都有点抽筋了，觉得鞋也愈来愈紧，鞋跟不时夹在铁楼梯的两根铁条之间，脚趾头疼得厉害。这要命的高跟鞋，她不由得诅咒起鞋子来。

然而总是要去呀。已经到这地步了。她已经完全忘了早上的那个梦了。

咬咬牙，陈莼上了最后一个台阶。

他的衣服在走廊上晾着，昨天洗的青色床单还在那里。男人总是……唉……陈莼摇摇头，她的叹气充满无奈的宠溺。

她踮着脚尖，不让高跟鞋发出任何声响。四、三、二……每一步，她的小腿都瑟瑟的，有一根筋在跳，左边的还是右边的，她已经分不清楚了。最后一步，她站在亮着灯的李树的房门口。深深地吸一口气，再吸一口。她的心跳得厉害，像第一次约会似的。她对自己的表现很不满意。

屋里静静的，门外是锣鼓一样的她的心跳。

敲门吧。她吸一口气，吐出来，用手拍拍心口。

但是没有人开门。李树不在。灯开着，但是人不在。陈莼松了口气。

待会儿要怎么说。陈莼坐在楼梯上，忽然就生出一阵懊悔，不该如此草率。他们暗地里遵循的规则还没有出现意外。一直以来，陈莼都是懂得克制的人。想到这一点，她又忽然觉得很悲伤。克制吗？如果当初克制，也不会像今天这样。李树老早就说过，我是不准备要将来的，我们不会有将来。

但是，陈莼就是不信。不准备要将来，不过是不相信自己，不相信会有一个人死心塌地、天荒地老地爱着你。她对这一点坚信不疑。她要尝试、努力，爱上一个人并不是一件容易的事。爱他，包括那么多她原本以为无法接受的缺点，甚至包括他的不努力、不主动、不拒绝，他对待自己、对待这一场貌似甜美实际上漏洞百出的爱情的无所谓态度。是啊，连这些都已经爱上了，怎么可能没有将来？

她唯一所欠只是等待。不过是个"等"字，我就不信，陈莼不止一次这样告诉自己。守得云开，总有看见月明的时候。不给他，不给自己充足的时间，怎么能修成正果？你看杨过一边潜心修炼，一边苦等爱妻十六载，亦不过是"不觉夏尽秋来，自秋而冬"。是了，是了，一定要有耐心，就当自己是一株等待春来的植物，自秋而冬，积攒力量，准备开放。

一边这样安慰自己，一边却又黯然伤神。她现在算是什么呢？天知道，她多想告诉全世界：她，陈莼，爱上的那个男人叫李树。但是他的朋友，他的一切作为常人所应该有的交际，她都一无所知，他也自然不要她知晓。但是她相信这个人，她相信他所说过的一切。他说起他的故乡，那个她每次回家都会经过的小城。他有浓密的黑头发，好看的眉眼，洁白的小兽一样的牙齿。他对她说贴心的话，给她擦眼泪，给她拧开饮料瓶盖子，他写漂亮的句子给她，给她讲小时候，在屋里念《洛神赋》……

再想想，还有什么？陈莼这样想的时候，忽然什么都不记得了，好像他什么也没做过，好像他从来就没有在她的生活里出现过。

太可怕了！陈莼几乎要叫出声来。怎么忽然记忆里一片空白？她拼命地摇摇头。李树，李树，关于那个叫李树的男人的记忆突然丧失，她一下子愣住了。好好想想，再想一想，这个叫李树的男人。此时她就坐在他的亮着灯的门外。然而头发、鼻子、眉眼，都愈来愈模糊了。模糊的尽头是一连串的火车鸣声，车轮撞击铁轨的声音，哐，哐——出现在陈莼眼前的是一望无际的田野，落满白雪的水塘，塘上低低飞过的鸟；连绵的山，山中一棵一棵开满硕大白色花朵的玉兰；落满夕晖的长江，长江岸边她一直生活的芜城在一片晖光中风情无限；油菜花田，运沙船，起重机……愈来愈乱，愈来愈模糊。但是没有他，那个叫李树的男人，没有。

陈莼的心好像空了一大半，空荡荡的像一座漏风的房子，风一吹，呜呜作响。她把头埋进腿里。她太累了，她想此刻要是李树在身边就好了。只要看一眼，只看一眼她就能把他刻进脑子里，他从前的一举一动、一笑一颦就都在她的心里了。

坐在台阶上，她掏出手机，打算给他发短信：我来了，在你门口。按发送的那一刻，她犹豫了：告诉他，我又来了？不，还是再等等吧。她删掉编辑好的短信，站起来。

她踩着楼梯，上了天台。对面是一个单位，已经九点钟，五楼还有灯亮着。一间大办公室的窗户上有爬山虎的藤，风吹起来，影影绰绰地在窗台上晃。月亮就在他们楼顶，有浅淡的云遮着。在等待的这段时间里，这个尖尖的弯月亮从云朵里走出来又钻进去，反反复复，乐此不疲。

李树还没有回来，她看一会儿对面楼里的灯火，看一会儿月亮，折回去，坐在台阶上，揉揉被高跟鞋挤得发疼的脚趾头。站起来，看一看楼下即将上来的人里有没有李树。每一阵楼梯里的脚步声都让她紧张。但是没有来，还没有来。

她贴着他的门往里看。一切都是昨天的那般模样。浅绿色的水瓶还在门边，塑料瓶里一大把菊花还在，纯白浅黄的小花密密匝匝地开着，这是前几天她闲逛的时候在路边买的，好几天了，花一直都没有谢。床边他的拖鞋还在，一本书掉在地上。她能看见的只有这么多，狭窄的门缝。她揉揉眼睛，踮踮脚，又回去坐在楼梯上。

对面楼上的灯已经灭了，李树还没有回来。这么久的时间里，他在做什么？她竟然一直没有想过这个问题。但是，她要想他在做什么吗？她一直没有想过。她不在的时候他做什么？他会和什么人在一起？他会不会像她一样想念？她一直想的，都是他一个人。他好像不在这个世界上，他只是一个人在一个与世隔绝的地方。对，桃花坞，2046，一个外人无法到达的去处。她去的时候还有她，她不在的时候只有他。

但是怎么可能？她知道这只是自己的想法。她想起曾经做过的梦：她和他一路逃。奔逃的路上，房子消失了，路边的树消失了，马路消失了，最后他也消失了，只剩下旷野，一望无际的，暮色四合的旷野。她左顾右盼之际，旷野里一棵一棵的桃树悄悄地长起来了，桃花在她的四周一树一树地开起来，像瑰丽的晚霞。她忘记了奔跑的目的，忘了消失的人群、楼房，甚至李树。醒来之后她一无所获，只记得桃花，开得像火一样的桃花。又一瞬间她根本没有意识到还有一个叫李树的男人的存在。

她忽然就觉得，他只是她疏离生活的一部分，是她乌托邦里唯一的王。城外风霜雪雨，城内鸟语花香；城外纷繁复杂，城内只有她，间或还有他。或许实际上王也是不在的，他经常不在场。

就是瞬间的事，一阵倦怠袭击了她，她险些站立不稳。为什么要这样的生活？为什么，这么深的夜里她要等在一个亮着灯却关着门的屋子前？为什么，她要一趟一趟乘坐火车跑到一个陌生的城市见那个从不走近她的男人？在这样暗无天日的幽会里，一切都会在脱离阳光的暗夜里腐烂吧。她又看见李树无辜的脸在她面前，她伸出手，抓到一把冰凉的空气。就是那一瞬间，她忽然接受了这样的现实。是的，她觉得累了，这种暗无天日的坚持。她猛地站起来，拍拍衣服，转过身空空地看了一眼。

已经十一点多了，下楼的时候她想，如果这时候碰见他，她会说什么。她小心翼翼地不发出声音，缓缓地走到楼下。还好，他还没有回来。幸好，他还没有回来。

路边昏黄的灯光下，卖馄饨的夫妻俩还没有收摊。她看着温柔灯光里的那对男女，眼泪忽然落了下来。

跨上火车的那一瞬，陈莼回过头，对着门外的空气挥了挥手。

再见，李树。她轻轻地说。

天涯何处

我再一次想起甜甜的时候，是晚上九点十五分，彼时我正在新疆。从我住的十二楼的窗边往西面的天空看去，金黄色的云彩一路铺展，尽头是乌黑泛着暗金色的云块，霞光在中央扯开了一大片。我呆呆地立在窗前，任凭金色湖水般的阳光将我笼罩。一瞬间，恍惚觉得那不是云天，而是一片湖水。湖岸树木葱茏，落日的余光笼罩在湖面，金色微红中有几块暗色的云，像是湖中沙渚。沙渚一块连着一块，不断向远方延伸。渚上草木茂盛，光线暗淡中只余一片朦胧的影。湖边的暗与水中的明交相辉映，水因岸更明，岸因水更暗。远处高楼灯火点点，从十二楼的角度望去，竟像是湖边安详温馨的人家，门口泊着刚刚归来的渔舟。就是在这样的错觉中我莫名地想起了甜甜，想起了她那一次没有兑现的承诺。

那是好几年前的事了。

一

我生日的前一天，甜甜打电话给我：“小芽，今年过生日我送你份大礼。”

“什么大礼啊？”

“送个男人给你。”

“噢，天哪，别是把你男人送给我了吧？先说好啊，你的男人我可不要！”

“去你的吧，我男人我才不给你呢。我们家李树……”

“啊，不是王二宝吗？”

“别气我啊，那都是多少年前的事了！”

“行了，别贫了，说正经的，你打算给我介绍男朋友？”

“嘿，明儿你就知道了。”

雷声大雨点小的甜甜，我生日都过完好几天了，也没看见她的影子。后来甜甜打电话给我，说一定补给我，叫我千万不要生她的气。

这一年，我大三，甜甜大二。我还没有谈过恋爱。不，不，我并没有忙于学习，也没有忙于考研、考公务员。我无所事事地在这个校园里度过了将近三年，庸庸碌碌，浑浑噩噩。每当为这些庸碌而反省的时候，内心里就一阵惶然，并感到莫名的羞耻，然后，又接着在这惶然与羞耻中继续庸碌。

甜甜是我的初中同学，中考的时候复读了一年，我考大学的时候，她正在高三苦读，“立志”要考我所在的大学。而我，整个大一都处于混沌的状态。甜甜进校的第一个星期，我带她熟悉了这所学校，食堂、教学楼、图书馆，带着她逛了一遍步行街。到了第二个星期，就是她带着我在这个城市的小巷子里吃小吃、买衣服了。然而这样的光景也没持续几天，一个月之后，她就把我抛弃了，投进了某男的怀抱。

甜甜是恋爱达人，大一第一学期没结束，就已经谈了三个男朋友了。不过我也跟着沾光。每一次开始新的恋情的时候，她的男朋友都会请她的室友吃饭，自然，甜甜也顺带着把我带上。我是谁么，我是她在这个学校里的“发小”。

以后的时光，甜甜就忘了我的存在了，只有在她分手的时候，才再一次地想起我来，然后叫我陪她吃饭、逛街。这两年，这样的饭我也不知道吃过多少回了。我们的密切联系总是出现在她的每一次恋爱开始和结束的时候，弄得我们宿舍的人总是在甜甜来找我的时候，悄悄地问，嘿，这姐们儿是恋爱了还是失恋了？

自然，我并不责怪她重色轻友，如果换作我，我也会基本如此。朋友嘛，总是在最关键的时候出场，其他时间，留给恋人去甜蜜好了。

恋爱次数多，也不能说明什么。用甜甜的话来说，她只是对爱情的渴求程度比别人高那么一点点罢了。青春年少的时候，可以爱的时候，为什么不用心用力爱呢？甜甜说：“我不能想象，没有爱情的我会是什么模样，没有爱，我一天也活不下去。”于是，甜甜屡战屡败，屡败屡战。有时候她甩别人，有时候别人甩她。总之，她甩别人的时候居多。

不过伤痛对于甜甜来说，都是短暂的。她相信：会分手的爱情，一定不是对的爱情。那个正确的人，一定还在下一个路口等着她。至于这路口什么时候能到达，这人什么时候能遇上，还都是未知数。

而我，在甜甜恋爱的日子里，一个人逛街、吃饭，偶尔也和同学一起聊天。我几乎没有什么朋友，志趣相投的碰不到几个。进了大学，我才知道世界上真的有这么多千奇百怪的事，这么多精彩纷呈的人，原先的那些见识早就相形见绌了。可是在如此广阔的世界里，我却不知道要干些什么，该干些什么。于是日子就这样在我日胜一日的恍惚中过去。如果说真的有什么牵肠挂肚的朋友的话，甜甜绝对是第一个。但是，我们的联系并不紧密。是啊，再不能像小学初中时那般，形影不离，上学一起，放学一起，去厕所一起，甚至喜欢男孩子都是一起。

二

甜甜第N次失恋的时候，正是三月底四月初，春雨淅淅沥沥一直下个不停。甜甜来找我，我就知道，她一定又是失恋了，但至于对象是谁，我一点也没有印象。甜甜说我们去黄山吧，我们就去了黄山。去黄山坐晚上的火车，雨水哗啦啦的，顺着车窗玻璃流下来。甜甜一路叽叽喳喳说个不停，她的话总是很多，一会儿叫我听歌，一会儿要唱歌给我听。我实在烦得不行，说："甜甜，你消停一会儿行不行？"

甜甜的眼泪"唰"的一下流出来了。我呆了一下，然后把她揽入怀中。她抱着我的肩膀，一开始只小声地抽泣，过了一会儿，声音渐渐大了，一车厢的人都往我们这儿看。我有些尴尬，正想着怎么安慰她，她在我怀里竟又"扑哧"一声笑了。

唉，恋爱让人犯傻，失恋使人发疯。

我还没反应过来，甜甜就端庄地坐好了，用湿纸巾胡乱擦了擦眼睛，然后一本正经地问我："小芽，你说，我是不是特花心？"

"呃，这个……人不风流枉少年嘛！"我顾左右而言他。说心里话，我是不太赞同她如此频繁地恋爱失恋的，毕竟是女孩子，但是，其实我也知道她并非朝三暮四的人。只是，这样的事情多了，流言蜚语是挡都挡不住的，难免会被人说成花心。

"你就会耍贫嘴。"甜甜没有等我接话，就接着说，"其实我知道很多人在背后偷偷讲我坏话。可是我才不管，合则谈，不合则散，有什么？对了，小芽，你为什么不找个男朋友呢？"

她话锋一转，转到我头上来了。

"切，好好地扯我干什么，我才不需要男朋友。"

到黄山市的时候，是清晨五六点钟。一路上雨都没有停，可是我们出站的时候，仿佛为了欢迎我们，天空意外地放晴了。我们找了个小旅社住下来，睡了一上午，中午梳妆打扮去逛屯溪老街。路上人很少，老街一片古色。石头路上有淡淡的雨痕，木头阁楼上暗红的漆斑斑驳驳，在淡灰色天空的映衬下，有一种古旧而落寞的苍凉之美。茶坊酒肆里的徽州女人穿着素雅的旗袍站在一角，环钗珠鬓，举步生姿。我俩一路走过去，又一路走回来，除了买点梅菜馅的点心和一长串红豆之外，没有什么收获。

走了一个来回，甜甜喊累，于是我们回到小旅馆吃饭，看电视，睡觉。

第二天去了宏村。清明将近，宏村竟然没有落雨，背后的青山翠竹隐隐，山下油菜花金黄，其实是好时节好景致。黛瓦白墙，碧树黄花，这一座小村氤氲在不明的天色里，实在像一幅水墨画。若是生活在这样的画中，还有什么忧伤和烦恼呢？村里湖边古树下有学生在写生，他们静静地坐在湖边，拿着画笔偶尔看一眼，发一阵呆，又把头埋进画板。我们到桥头准备买票进去，甜甜却忽然拉住我："小芽，别去了，我们回去吧。"

我诧异："到了跟前了，怎么不进去？"

"算了，下次吧，桃花开的时候再来好吗？"甜甜口气软软的。我有点不高兴，来都来了，到了跟前又不愿意进去，搞什么名堂？

虽说有些无奈，我还是顺从了甜甜的意愿，毕竟失恋的人是她，情绪怪一点也是理所当然的。

在车上，我靠在窗边看着春天的田野。四月毕竟是美好的，但是也有人说，四月是残忍的。甜甜靠在我身上，似睡非睡。我因为心里有点别扭，没有和她说话。

过了一段时间，甜甜说："小芽，咱们回家吧。"我扭过头看她。

"回学校吧，车到黄山咱们就去买票。"她又用那种类似央求的口气。

我叹了一口气："好吧，本来就是来陪你，你说咋样就咋样。"

甜甜笑了："亲爱的小芽，我就知道你对我最好了。我一定会补偿你的。等你过生日我……"

"停！"我没等她说完，就制止了她，"还说过生日呢，还说大礼呢，你真好意思。"

"嘻嘻，一定补偿你嘛，我蓝甜甜什么时候说话不算数了，只不过是时间的早晚嘛！"

瞧瞧，又恢复了她的本性。

气氛又活跃了起来。可是我知道，甜甜一定有什么心事，她不肯说，我也不好问。

回去的火车上人多，我们没有座位，只好挤在门口。她靠着我，一会儿摸摸我的头发，一会儿拉拉我的胳膊，一会儿摆弄我的衣袖口，像个孩子。车门口人声嘈杂，抽烟的人大口吐着烟圈。车轮撞击铁轨的声音连绵不绝，像在山谷中听到的回声，不断盘旋。她不说话，我也不知道说什么。

三

到了学校，正是周二，雨还在下，我们各自回去。

直到周末我都没有看到甜甜。也许她又开始了新的恋情。

周一晚上有选修课，我去得晚，后面的座位都占满了，只好到前头找了一个座位。老师还没有来。我听见后面有人叫我，回头看是甜甜的室友。她招手叫我坐到她旁边。

还没坐下，她就神秘兮兮地对我说："小芽，甜甜最近真倒霉。"

我一惊："怎么了？发生了什么事？"

"你不知道?!"她故作惊讶，"她没和你说?"

我确实不知道，有好几天没和她联系了。

"前段时间，哦，对了，就是你上次和她去黄山之前，她男朋友的女朋友给她打电话，把她臭骂了一顿，昨天又来了，在我们宿舍楼门口贴了一张大字报，指名道姓地把甜甜大骂了一通。"

她男朋友的女朋友？我被弄糊涂了。

"谁能想到那么斯文的一男的，有这么泼辣的女朋友。据说甜甜这次是来真的，很喜欢他。他们俩谈了有大半年了吧。可是谁能料到他是个大骗子呢!"

有这样的事，我竟不知道。

我打电话给甜甜，叫她出来转转。她说懒得出门，在宿舍里躺着。

我挂了电话就直奔她的宿舍。甜甜躺在床上，半死不活的。我把她从床上拖起来，叫她去吃东西。

“我想回家，小芽。”甜甜眼泪吧嗒的。

我说：“好，回家待两天。可是你现在要起来吃饭去。”

我们俩出去吃饭，然后一直走，月亮什么时候上来的我们也不知道，清冷的光像潮水一样包围着我们。农历十三的月亮，离圆满还差那么一点。

一路上我们什么话都没有说。路旁边有一片桃树林，月光下，小小的毛茸茸的果子挂在枝头，风一吹，枝条晃动，影子在地上纷纷扰扰。甜甜挽着我的手，走了很久。

送她到宿舍门口，我对甜甜说：“嘿，会分手的爱情一定不是对的爱情。”甜甜对我眨眨眼，笑笑。

第二天，甜甜发短信告诉我说想回家待几天，回来再联系我。

但是，自那以后，我再没有见过甜甜。她有没有回来，我也不知道。我大四了，忙着写毕业论文，忙着实习，忙着找工作，四处奔波，倒忘了联系她，偶尔发个短信给她，有没有回信我也没太在意。她们七月份考试，我六月就离校了。毕业后，我跑了好多地方，工作总是高不成低不就，手机号换了一个又一个，有时我也给她发短信、打电话，但是从来没有得到回音。那个号码最初是通的，渐渐地，再打就是停机，就是空号。我写邮件给她，仍没有回音。她家里的号码我也没有，渐渐地，我没再找过她。有时我想，也许她是不想再和过去有什么关联。所有过去的人和事，不管与她的伤心有没有关系，她都选择了一并遗忘。不能遗忘的时候，就选择逃避，避而不见，避而不联系。这样想的时候，我就有些释然，不管如何，她要有新的生活，也会有新的朋友。只是偶尔心里有那么一点淡淡的哀伤，觉得女生之间的感情是那么脆弱，一旦有什么伤心事，连要好的朋友也要一并遗忘。

我不知道甜甜是否联系过我，总之我没有她的消息。

在没有她消息的这段日子里，我总是会不自觉地想起她。

四

我到了新疆之后，有一次，在学校的一个论坛上，碰到了甜甜的室友。她告诉我，甜甜后来回过一次学校，还留了一些东西给我。可是那都是学期末的事了，我已经不在学校了。甜甜也给我打过电话，只是号码不对。

甜甜室友说："甜甜退学了，不知道她怎么想的，都快大四了，退什么学，就为了那么一个男人，真没意思。"我听着她说，没有插话。

她问我要地址，说甜甜有些东西要交给我，当时没找到我，就放在她那儿了。

我问是什么，她说不知道，甜甜用胶带缠得很结实。"可能是本书。"她说。

我问她要甜甜的联系方式，她说她也没有。甜甜走时说换了号码就跟她们联系，可是至今没有联系过。

过了一个星期，我收到了甜甜留给我的东西。胶带缠得有点僵硬，我一层层撕开，里面是牛皮纸，甜甜很细心。层层剥落，我才看见那是什么：一小摞信封，两张照片。一张是我和甜甜在初中学校后面的河边拍的。那是夏天，芦苇青翠，我们俩手挽手，笑得一脸灿烂。另一张是一个我不认识的男的。他的胳膊伸到前面，留下了虚空的影子，笑得很可爱，眼睛很黑，眉毛很浓。照片后面写了几个字：李树，四月二十七日，火车上。

我翻开那几封信。那信封还是甜甜和我一起逛街的时候买的，当时我还笑话她，邮局寄信都要标准信封了，还买这些稀奇古怪的信封做什么。其实那些信封并非我口中的稀奇古怪，只是模样精致，比普通的信封要小一些，摸起来有一种绵软的质感。有一封信上写着我的名字，另外几封写着李树的名字，还有一封，信封上什么也没有，但是摸起来很厚。

我先打开了那个什么也没有写的信封。

信是写在B5纸上的，是甜甜的笔迹。

我和李树认识的时候，是在一年前，那时我刚刚和男朋友分手，心情郁闷，就回了一趟家。那是四月底，将近"五一"，火车上人来人往，拥挤不堪。不知为何，我每次回家都买不到座位票。我在火车车门那儿站着，旁边两个男的，特别能侃，从贝克汉姆说到姚明，从李斯说到鲁迅，从陈晓旭说到许三多……我真不知道这些怎么能联想到一块，并且如此流畅地不间断地自两个大男人的口里说出来。我眼睛盯着窗外，耳朵里尽是这两人的谈话，郁闷的心情却有所好转，有时听到可笑处，不自觉地就笑了起来。火车穿过隧道的时候，我看见车窗玻璃上有一个人影，一边盯着我看，一边微微笑着。我有点不好意思，眼睛望向别处。窗外风声犀利，隧道与火车之间的狭小空间给了风呼啸的理由。

火车出了隧道，天地一片澄明，四野翠绿，麦浪在风中翻滚，再过一个月就可以收割了。

影影绰绰地我又看见他的脸映在略微有些脏的车窗上。

那个人，后来我知道他叫李树。他和那两个胡侃的男生搭话，说起了即将到来的世界杯，说起了贝克汉姆和罗纳尔多，说卡恩的最后一次世界杯。我对足球不感兴趣。

可是我不知道怎么和他搭上话的，也许是他说话太幽默了，也许是他的口音。嗯，是他的口音，我听出来他和我来自同一个地方。即便不是同一个地方，距离也不会太远。

后来列车员来查票，他躲躲闪闪。我看了他一眼，他冲我笑笑。

他没有票。列车员走后，他又回到了这里，我们俩就这样聊上了。他果然是邻县的人，而且我们在同一个地方下车。在车门附近的那个小角落里，我给他拍了一张照片，他不愿意，用手里的报纸挡住了脸，当时我以为照片没有拍成，但是后来去照相馆拿相片的时候发现，这一张出乎意料地好。

这张照片我始终没让他知道。

第二次再见他的时候，他不知道，其实我已经无数次地“看见”他了。那张照片就在我的日记本里。他的笑声，总是在我耳边响起，混杂着火车车轮撞击轨道的声音，混杂着火车穿过隧道时搅起的风声。

他说他是工科大的学生，今年大四，准备考本校的研究生。我的心简直要跳出来。他的学校就在我们学校附近！下车后，快走到地下入口的时候，他说："你从这儿走吧，我没有票，怕是要补票了。"

我问他从哪儿走。他微微一笑："山人自有妙计。"

我说："我和你一起去。"

他眨眨眼，说："好。"

于是我们往火车开来的方向走，走了大约十五分钟，就看见一处斑驳的颓墙。墙头（如果那还算墙头的话）泥土坍塌，只有一米多高。墙头上的土落在墙角，为攀爬提供了方便。他先站了上去，然后伸出手拉了我一把。我站在墙上才看清，墙外一边是涵洞，洞内车来车往，另一边是人家的院墙，院内一株桃树上结满了果子。他把我拉过来，指着那桃树说："我们家有半亩桃园，桃子也快熟了。可是我不喜欢桃子成熟的时候，我喜欢春天，桃花将开未开和全部盛放的时候，以前经常和同学一起看桃花。"

那院墙离地面很近，但是有点窄，下面就是涵洞。我有点害怕。他在前面走，叫我拽着他的衣角。

他说："你知道去汽车站的路吗？"我摇摇头。

他伸手点了一下我的额头说："笨丫头！还是要我带你去。"

于是我跟着他。那是黄昏的时候，四月二十七日，这个日子我永远不会忘记。那天风有点柔和，空气中有一种奇妙的味道，这味道像潮水一样将我包围。不知道走了多久，一路上我没有和他说话。他有没有说话我已经不记得了。

我唯一后悔的是，竟然忘记了向他要联系方式。也许就是因为这个失误才让我在找到他以后无论如何也不愿意失去吧。也许，和那张照片一样，都是上天注定的。

我们俩在汽车站分手，他说他还有事要到朋友那儿去。我和他挥手告别。

回家以后我心神不定，总是不自觉就想起他。我后悔当时没有再勇敢一点，向他要个电话什么的。可是现如今，他像一滴水融入了大海。我怎么去找他？不错，我知道他是哪个县，哪个学校的，可是那么多人，我怎么找？

在家的八九天里，我总是不断回忆当时我们谈话的每一个细节，任何一点蛛丝马迹都不放过，像放电影一样在脑海里回放我们在一起的每一个画面。

到了学校，我开始不断打听李树学校的消息。室友有个高中同学在那个学校，她答应帮我问问情况。

然而没有消息。我有时候去他们学校里转悠，去操场，去食堂，我的眼睛总是不停地四处搜寻，我竟然碰到了中学复读班的一个不怎么熟悉的同学。感谢那天叫我遇见了他，我们聊了一会儿，我心不在焉地听他说完，抱着一丝微茫的希望问他，你认识李树吗？今年大四。他说不认识，不过可以帮我打听。只过了一个晚上，他发短信告诉我李树的手机号。终于得到了他的消息，我又激动又紧张，竟连声“谢谢”都忘了和我那同学说。我的手一直在颤抖，我不知道怎么开口和李树说第一句话。犹豫半天，终于决定先给他发个短信。可是怎么措辞，说我怎么找到了他，怎么得知他的号码？我想起这两个月来的遭遇，真想告诉他这只是一个巧合。有首歌唱得好：两个人的巧合，总有个人坚持。坚持的那个人是我。

犹豫很久，短信写了删，删了又写，最后我说：那些桃花什么时候再开呢？四月二十七日。

很快他回了一个电话。我按了按胸口，努力平静了一下呼吸。他说："甜甜是你吗？你怎么找到我的电话的？"

我很高兴他没有忘记我，他记得那天他说的话，记得那个日子。

但是我尽量用淡淡的口气说："山人自有妙计。"

他哈哈一笑，说："既然如此，周末我请你吃饭吧。"

我说好啊。挂了电话我都不知道做什么好了，在宿舍里坐立不安，书看不下去，什么都做不好，我的心总是安静不下来。今天才星期二，到周六还有好几天，这几天我怎么过？我有点埋怨自己，已经两个多月没见他了，为什么不要求当天就见面呢。可是我又想，既然两个多月都过去了，这几天也很容易就过去了。

这几天上课我老是走神，反复想象那天我们见面的情形。我一定要打扮得漂漂亮亮的，不像那天在火车上，邋里邋遢，像个傻姑娘。他见到我，会说些什么呢？他会喜欢我吗？

对了，他有女朋友吗？

我想他没有，要是他有，他不会约我。他一定没有。

好不容易到了周五，晚上室友都去上自习了，我一个人在宿舍里翻箱倒柜地找衣服。我不知道穿什么好，翻来翻去，试来试去，最后决定穿牛仔裤和白色的短袖衫。我收拾好东西，爬上床，躺在床上，看着他的照片，总是睡不着。

我觉得这次和以往有点不一样。

早上起来，穿上昨天准备好的衣服，去食堂吃饭。回来随便翻了几页书，就对着镜子发呆。离我们约定的时间还有半个小时。我想提前去。出门的时候我又看了一眼镜子，突然觉得沮丧，这衣服太男性化了！我要换！

我以五分钟的速度完全推翻我昨天晚上一个小时的心血。我找出了一条绿色长裙，上面搭了一件针织衫，有点淡红。搁在今天，我绝不会如此穿红着绿，可是那时我一点也没有意识到。

然而，我如此的搭配，却让他记住了。他后来对我说，本来我已经忘了你在火车上的模样（真的忘了还是假的？但是谁管这些呢），可是第二次见面的时候，你穿着绿裙子，真好看，不知为何，我一下子就想起来你靠着车窗玻璃往外看的模样。他说，我永远记得你穿绿裙子的样子。他说，以后每一个春天我都不会随便踩上一株青草。我问为什么。

他笑了：“记得绿罗裙，处处怜芳草。”

后来我才知道，这句话预示着将来的分离，这首词写的就是生离：

春山烟欲收，天澹星稀小。残月脸边明，别泪临清晓。语已多，情未了，回首犹重道：记得绿罗裙，处处怜芳草。

谁写的已经不重要了，重要的是那一句不忘和铭记。从此，我们天涯相隔，可是有一天，你见到满山遍野春风一吹就会重生的野草，一定会想起我曾经穿过的那条绿罗裙。

我一口气看到这里，天色昏黄，街上的灯都亮了。我打开台灯。那张照片上，甜甜小小的稚嫩的脸和我的倚在一起，风停在芦苇叶上，留下了永恒的痕迹。

我才意识到，这一个男朋友，甜甜并没有介绍给我认识。

九月初，学校还没有开学，我们去了南昌，本来说去登滕王阁的，但是，他说，滕王阁已经不是往日的滕王阁了，近些年修修补补，板块砖木已不是王勃那时的东西了，还去看什么，还有什么好看的。

在南昌逗留了两天，只在晚上去了秋水广场，看喷泉和夜色。

“江对岸就是滕王阁。”李树说。

“是那一片灯火通明的地方吗?”

“也许吧。”

赣江的水不好看，江上的游船灯火辉煌。风大。

我们坐了一晚上。

我们一起去的地方不多，每一次都很短暂。一方面我们没有那么多钱，另一方面李树经常回家。他说他奶奶身体不好，是奶奶把他带大的，他和奶奶感情特别好，所以要经常回家看看她。于是他不在的时候，我去带家教，周末的时候还去做促销员、导购员。这样既可以赚点零钱缓解我们的“经济危机”，也打发了李树不在身边的日子。我觉得我们真是幸福的一对。不太黏腻，所以就不会厌倦。

闲着的时候我给他写信，用那些洁白的纸。有时候在宿舍里暗黄的灯光下，室友们都睡着了，窗外只有路灯，以及偶尔晚归的人清澈的叫门的声音；有时候在教室最后一排靠窗的座位上，看一会儿书，随便写上一两个字；有时候在图书馆，硕大的玻璃窗上映着云朵和楼前的湖水；有时候，我一个人在候车室等车，也会从包里掏出纸，写几句话。当我看见风和云朵，花开叶落，月起星沉，总想叫这个人和我一起分享。

但是这些信我从来没有给他看过。我告诉他我的过去，我的梦想，我的每一个细小的情绪，告诉他那些我自己的小情话。一天一天地，我几乎要习惯这样的日子了。他闲下来的时候，和他约会，他不在的时候，给他写信，就像写日记。可是，谁也不是先知，谁能知道明天会发生什么呢。

二十七日，又是一个二十七。我永远不会忘记这一天。

李树又回家去了。晚上一个女的给我打电话，劈头盖脸把我骂了一顿，说我是可耻的第三者。那个号码是李树的。我打过去，那个女的不接电话，发短信给我，说我怎么有脸再纠缠她家李树。

我和小芽一起去了黄山。

这些天李树一直没有和我联系。我等着李树跟我联系。可是没有，一直到我们从黄山回来的那个周五，我用别人的手机给李树发了个短信。又是那个女人，她打电话过来，又骂了我一顿。后来在我们宿舍楼和教学楼门口贴出了大字报，把我骂得狗血喷头，体无完肤。她声泪俱下，说她肚子里已经有了李树的孩子；说他们去年过年的时候已经领了结婚证，等李树研究生毕业就大办酒席昭告天下，而我却不知羞耻抢她的丈夫；说李树一点也不爱我，只是想玩玩，没想到我纠缠不休，只好让她亲自出面……

我实在不想再叙述一遍我当时受到的羞辱和欺骗。从我第一次见到他，已经一年了，我竟不知道，他有老婆，而且即将有一个孩子。我在等李树的解释，可是，就好像这世界上从来没有过这个人，再也没有他的消息……

信写得断断续续，关键的地方似乎都被甜甜一带而过。后面还有几页纸，纸上却是空白，只有折叠出的几处印痕。

我又打开写了我名字的信封。

亲爱的小芽：

你还记得咱们以前的时光吗？那时候多快乐。我记得你说咱们的合影你找不到了，我这次回家带了回来，送给你做纪念吧。

我找过你，你已经离校了，我原本应该去送送你的，起码也应该陪你吃一顿散伙饭，可我沉浸在自己的小悲伤里，忘记了还有毕业这回事。我回学校办退学手续的时候，本来是想找你的，但是我没有。我不想叫你看见我的狼狈模样。小芽，我知道，我的事情，我不说，你是绝不会问的。可是我有时又多希望你问一问。

小芽，我不能再上学了。当然我也不觉得这有什么遗憾的，很多人以为我是为了李树才不上学的，唉，怎么以为都无所谓了。

小芽，那几封信是我从前写给他的，从来没有给他看过。现在想来真是可笑，我在灯光下写信的时候，他却和别人温存。也许是我太笨了，他也许给过我很多暗示，只是我没有明白。

那张照片我也不想要了，你处理掉吧。

小芽，你不要找我了，我不回家。爱你。

甜甜

七月二日

甜甜的信有点语无伦次，我很后悔当时没有多关心她。我真不是一个合格的朋友。

那几封信就在桌子上躺着。

可是甜甜呢，她没有回家，会去哪儿呢？怎么才能找到她？她现在好吗？

五

她写给李树的信，在桌子上放了一个星期，我终于还是打开了。

第一封：

亲爱的李树：

我不知道要怎样掩饰当时的心情，只好说一些别的话掩盖。又怕你觉察到我的贪心，而内心疲累。我现在不伤悲，只觉得幸福，至少这些爱，你能懂得。我已经很知足。不管以后如何，至少现在我们是爱着的。李树，你的名字我默念一百遍，但是仍不能把它轻易地写出来。亲爱的李树，我是多么爱你。这春天里初绽的花朵，我想象成你的微笑，充满希望，却又带点即将告别的心伤。

李树，我该怎么说怎么做才能表达我对你的爱慕？我是笨拙的人，简直有点手足无措了。这样的惶惶不安，又牵肠挂肚，又有些畏首畏尾，瞻前顾后。不知道该怎样去讨好你，不知道怎样的爱、怎样的体贴和关怀正好与你内心的温柔相契合。有个写小说的女人把男人比作女人的江山，很有点意思。这样的江山锦绣，河山壮丽，怎么就一下子铺展在我面前了？我受宠若惊。呵呵。我是珍惜这山河落日，这草木春风，想要给你足够的新鲜空气，给你满目的清风白月。

没有落款，没有日期，也许是在他们热恋的时候写的。甜甜竟会写这么柔媚细腻的信，是我未曾想到的。我一直觉得甜甜是个大大咧咧敢爱敢恨的女孩，有伤心事根本不用别人来安慰她，过个三五天，她一准会比谁都恢复得快。

第二封：

李树：

为什么你总是不给我们的未来一点希望呢？你为什么总是那么悲观，说那些伤人的话语？我知道我现在还达不到你的高度，还不能和你站在同一个地方看风景，可是我一直在努力，你要给我时间，毕竟你现在已经研一了，我也在往这个方向努力啊！如果你不喜欢我继续读书，我也可以在这座城市找一份工作，你念书，我出去工作，我们永远在一起不分开，好吗？

永远爱你的甜甜

第三封：

李树，我想念你。今天阳光温柔。

第四封：

李树：

你为什么还不出现，只要你说，这一切都是那个女人的恶作剧，是她爱不成而生恨，报复你我，只要你说你爱我，只要你说要我相信你，我全部都相信你，我会毫不犹豫地扑进你的怀抱。我爱你，你真的不知道吗？我多么想和你在一起，一辈子永不分离。我求求你，快点出现吧！告诉我这一切都是个梦。

第五封：

李树：

没有人比我更爱你。再也没有人会像我这样毫无保留地爱你。可是你却骗我，你还想要我怎么样……

第六封：

亲爱的李树：

今天和你在一起很开心。可是，你为什么从来不问我的过去，就像你从来也不提你的过去？我，自然是不在乎你的所有过去的。那个时候，你是什么样子，我不在乎。如果你从前花心，我也不会生气；如果你从前深爱过谁，我也不会嫉妒。毕竟，那时候你还没有遇见我，毕竟现在，你爱的那个人，是蓝甜甜。

也许，我爱你的方式并不是你需要的，请你告诉我，我一定会努力去改。两个人在一起，如果总是彼此遮掩、彼此将就，将来一定会爆发矛盾的。我不想叫你忍受我什么，我最怕将来，你忍无可忍的时候突然发作，而我却毫不知情，这样的结局绝不是我想要的。

太晚了，我睡啦。晚安。

下次见到你将是什么时候呢，希望我能梦见你。

第七封：

李树：

我竟然还有心情给你写信！你现在躲到哪里去了？我万万没有想到我爱的人竟是个大骗子！我恨你恨你恨你!!!

还有几封信，我随便打开看看，几乎无关紧要，不是甜甜小女人般的撒娇，就是他们约会当天甜甜回来后的“约后感”。读完信，略略拼凑出他们交往的情形。

可是无论如何，最美好的往事已经过去。我一直以为甜甜在爱情中扮演的角色是英勇无敌、无比强大的，可是，我错了。每一个人都会遇见那个叫你爱也不能恨也不能的人。一个人有一个人的天敌，一个人有一个人的克星。

我不能够对甜甜的爱情作出评价。她留给我的东西我一直保存着，虽然还是没有她的消息，我想着有一天，她也许还会回来找我。也许有一天，她回首往事，只是爱怜地笑笑：那时的自己多么年轻，多么勇敢。

六

闲下来的时候，我偶尔还会想起她。有时我也设想我们重逢的情景。

有一天，我在街上瞎逛，不知不觉就走到了渡春路。路的拐角挂着一个牌子——“时光”，我走进去一看，是一个旧书店。屋里七零八落地散着几个看书的人。我走进去，转了一圈，没有什么好书，正打算出来。就在我迈步的一刹那，我看见了甜甜。

她坐在收银处，手里捧着一本书，专注地看。我走上前，敲敲桌子，她抬起头，看见是我，惊喜地叫我的名字。

“小芽！这么多年你到哪里去了?!”她手里的书一下子掉落在地上，“你怎么也不联系我?!”

我们俩紧紧拥抱，她邀请我去她家做客。

“书店怎么办?”我看了一眼三三两两还在看书的人。

“嘿，关门了，老板娘旧友重逢，放假三天!”甜甜大声地冲着他们说。

甜甜急匆匆地赶走了店里的人，她把一个棕色的手提包交给我，关上了玻璃门，拉下卷帘门，用一把艳黄色的铁链锁把卷帘门锁好。

“走吧，我家就在附近。”她从我手里接过包，拉着我就走。

渡春路是一条有些怪异的路。在这小巷三转两转，我就迷了方向。一路上，夹竹桃开得十分热烈，红色白色的花在枝头鲜艳地跳跃。

甜甜拉着我，拐进了一条巷子。巷子两边的石墙上爬满了红色的蔷薇，那些细小的花一朵一朵簇拥着，我看得有点出神。她走得很快，细长的身影曼妙地摇曳在小巷中。这巷子像是没有尽头，两边都是没完没了的蔷薇。甜甜忽然一转身，一扇雕花木门显现于满目蔷薇之中。我刚要进去。甜甜不见了。

这是我做过的第一个跟甜甜有关的梦。

第二次梦见她，是在一个春天。

正是桃花妖艳的时节，我在乡野散步。

桃花在春天的角落，在旧墙头褪色的红砖瓦砾之中，在乡野杂乱的土地之上，旁若无人地开着。枯萎的藤蔓缠绕在桃树上，一朵一朵的粉色桃花凌乱地散在枝头。

甜甜在那一丛桃花之中，对我说："小芽，你不知道吧，在别人面前，那个人一副清高而不可接近的模样，一本正经，严肃又傲气逼人，可是在我面前，却像个孩子，就像我在你面前。哈哈哈……"

我有点茫然，不知道她在说什么。我看着甜甜，有点不知所措："甜甜，你说谁？"

甜甜忽而又垂下头，声音低微，似喃喃自语："唉，我们都被他骗了。"一边说，一边往桃花深处走去。

我越发迷惑了。桃花泛起一阵清香，风吹起来，脸上有丝丝凉意，原来下雨了。甜甜越走越远。我才恍然明白，已经好久没有看见甜甜，没有她的消息了，此时遇见她，多么不容易，我于是拔腿朝她消失的方向跑去。

可是已经太迟了，那些桃花，快速地凋落，飘零，枯萎。它们消失了。甜甜也不见了。

第三次，我坐在河岸边和一群小伙伴烤红薯。我是我现在的模样，可是他们都是从前小小的模样，大约八九岁的样子。甜甜也在其中。

那是秋天的下午，空气清明，阳光柔和又朦胧，似水一般潋滟。他们抱来许多玉米秆子，在河岸挖洞，把偷来的红薯放在洞内。火光映照着他们的脸。甜甜对着我微笑。青河边的芦苇开满了白色的花，有一些乘着风四处飘荡。

我没有和她说话。

谁都没有提往事。不，她并没有什么伤感的往事。她那么小，没有悲伤，没有爱情，没有抛弃、背叛和羞辱。

我没有告诉她，在将来，我遇见她以后发生的故事。爱情和友谊，什么也没有说。

她坐在河岸，安静地等待柴火熄灭，等足够的时间过去，让一个、两个，让更多的红薯烤熟，然后就着夕阳和秋天的小微风，一口一口吃完，回家。

硫 黄

她是被自己的梦吵醒的。梦里，她躺在一个醉得不省人事的人的怀里。她心里知道，是一场欢愉之后，她知道，是她主动，她还知道，这个人是她心里爱慕已久的人。但是他是谁？她不知道。醒来之后她想了很久，也想不出自己的生活里是否真的存在这么一个人。但是梦境那么真切。

醒来后，她长舒了一口气：幸好是个梦。

近来不知为何，她总是做类似的梦，跟生活毫无关联。时至今日，除了她的丈夫，她心里并无其他爱慕之人。甚至对于他，她也不知道那算不算是爱情，还是类似爱情的某种感情。也许，时日久了，生活就慢慢地变成了这样：平淡，安静，波澜不惊。

但这平静的湖水，却被一小粒石子，激起了波澜。

一

事情是怎么发生的，她也说不清楚了。

那是周五的下午，她下班回来得早，一进小区就看见自家单元楼门口有一个女人来回踱步，她没在意，径直掏出钥匙，打开门。那女人犹豫了一下，问她："请问，你是朱立文的妻子吴娅楠吧？"

她点头。

女人说："我能进去和你说吗？"她恳切的眼神和憔悴的神情叫吴娅楠只犹豫了一秒，就同意了。

她住在四楼。女人跟在她后面，吴娅楠听见她上台阶时粗重的喘息。一眼看上去，那女人也不过是五十岁左右。吴娅楠不知道她找自己有什么事。也许是朱立文的朋友，但是她怎么自己找来了呢？

进了门，她请女人坐在沙发上。女人一坐下就开始抹眼泪，也许在上楼时就已经开始哭了。她最看不得别人流泪，没来由地，就觉得一阵难过。她不知道怎么安慰，就起身给她倒了一杯水。女人接过水，擦了一把眼泪，说："小吴，阿姨今天来找你，是来求你一件事的。我女儿晓静得了白血病，就要死了。"

她吃了一惊。她不知道谁是晓静，但她心里还是疼了一下，她听说过这种病。

"我求求你，叫立文去看看她好吗？就去看看她。不会耽误多少时间的。"

吴娅楠有点疑惑了。

"今天我来，真不知该怎么样跟你开口。不知道你是否知道，在你之前，朱立文和我们晓静是一对儿。都是晓静这孩子不懂事，跟朱立文闹分手……现如今，她想起来，很难受，很想立文陪她最后一程。我劝她不听，只好来问问你。我也不想要求什么，只是希望你能同意立文去看看她，骗骗她也好……她……她也没几天日子了……”

吴娅楠有点不自在，但她又说不上怎样不自在。

她顿了顿：“这事我做不了主，这事你得问立文。”

晓静的母亲忙不迭地说：“我知道我知道。但是我想先征求你的意见，毕竟你是他妻子。”

吴娅楠笑了一下，瞬间又觉得笑得不妥，于是掩饰似的立刻说：“要是立文同意，我没意见。”

两个人各自端着一杯水，坐在沙发上。吴娅楠了解了那个叫晓静的姑娘的病情。她心里盘算，朱立文怎么不来跟自己说？是他叫她来说的吗？这是什么意思呢？

一瞬间她有点恍惚。朱立文从前有女朋友她是知道的。朱立文曾经不止一次地说过。但是她从来不好奇她长什么样，她是怎么样的女孩。她只知道，朱立文是她的男朋友，现在，又成了她的丈夫。谁还没点过去啊。她是不在意的，因为“过去”是先存在的，她不能左右。但是现在，这“过去”突然跑了来，并且，是以这样低的姿态，叫人心生不忍。

晓静的妈妈终于走了。她送到楼下，看着她远去的背影，心里一阵酸楚。在这个年纪失去女儿，是多么哀痛的事情！她简直不能想象她的内心。就在那一瞬，她想，即使朱立文不愿意，她也会劝他的。毕竟这是一个母亲的恳求，也是一个女孩的临终心愿。又有什么关系呢。

她抬头看见夕阳半落。正是初夏的时候，小区内刚种下的几株银杏旁若无人地张着小叶子，在晚霞中摇晃。

天无端地热起来了。

她掏出手机，已经六点半了。咦，这个时间了，朱立文怎么还没下班呢？她打电话给他。

朱立文说：“一个朋友生病了，我在医院里，晚点回来再细说。”

这么说，他已经在医院里了。他已经去看她了。

快十一点的时候，朱立文回来了，看上去又倦又累。她给他放洗澡水。

两个人都在床上了。关了灯，吴娅楠想，他应该要跟她说那个晓静了。但是他没有说，他只在黑暗中紧紧地抱着她。她感觉到他的颤抖，她知道在黑暗里，他掉泪了。她什么也没说，也抱紧了他。

二

第二天一早，朱立文早早起来煮了早餐。她有点惊讶，心里一阵感动。要知道，他从来没有早上起来煮过早餐。一阵暖意涌上心头，她几乎就要落泪了。朱立文一转身，看见她的样子，有点不好意思地说：“昨天太累了。晓静妈妈说跟你说了这事了，你没意见。我就想，等闲些再好好跟你说。她……晓静，没几天了。”

吴娅楠点点头，她没有意见。要是他不去看那个晓静，她心里还会小瞧了他。

朱立文说：“最近我可能要回来晚，晚饭不能和你一起吃啦，她妈妈想我在医院里多陪陪晓静。”

吴娅楠还是点头：“吃饭吧。”

朱立文说：“你自己吃吧，粥在锅里，我要收拾一下给晓静送去，晓静想吃我煮的早饭。”

他挠挠头，有点不太好意思，想再说点什么，又没说出来。吴娅楠摆摆手："去吧，你也照顾好自己。"

朱立文走了之后，吴娅楠坐在餐桌前，吃朱立文煮的粥。嗯，是为晓静煮的粥。红豆莲子白米粥，要把红豆莲子煮烂，真是需要一段时间。但她食之无味，这叫她心头一暖的早餐只是顺带给她的，她说不清自己究竟是什么感觉。她和一个得了绝症的人吃什么醋啊，这话要是说出来，真是太不光彩了。

吃完饭，她开始打扫卫生，平时她是不打扫的，没有那么多时间，也懒，上一天班回来，再随便做点什么，时间就没有了。而且，她喜欢有一大块时间收拾房子，一边听歌，一边干活，把角角落落都弄得干干净净，一尘不染。该洗的衣服找出来，该晒的被单也找出来，花花草草，她修剪，浇水，翻土。而平时，朱立文是在睡懒觉的，一直睡到中午。她做好饭，叫他起来吃，然后她接着收拾。要是有风从窗外吹来，她就一边哼着歌，一边整理书桌书柜，翻到某一本，就蹲下来看，一直看到黄昏夕阳照进客厅，她抬起眼，看见朱立文坐在沙发上看电视……

这样的生活是很美好的吧。

中午，打电话给朱立文。他说话语气急促，旁边有女孩咯咯地笑。她想，那大概就是晓静吧。笑得这么开心，那快乐一定很快乐。

朱立文说一会儿回来吃饭，停顿了一下，又叫她多准备一些，给晓静带一点。

她说："不如我送去吧，你告诉我医院在什么地方。"

朱立文犹豫了一下，说好。

她想去看看她。她精心准备了几样小菜，放在保温盒里，打车去了医院。

刚到医院，就看见朱立文在门口抽烟。她喊他。他抬头，快步迎上来：“晓静闹情绪，不想见人。要不，你下次再来看她吧。”顿了一下，他又说：“你知道，患病的人总是太情绪化的，更何况，她觉得自己变得很丑。化疗，头发都掉光了。”

吴娅楠点点头表示理解。她把饭盒递过去：“趁热吃，也不知道合不合她口味，想吃什么告诉我。”

朱立文接过饭盒，转过身要走，又突然想起什么似的，转过来，抱了下吴娅楠。这个拥抱有点客气，她心里感觉。果然，朱立文说：“辛苦你了。”

她等着下文，但是没有下文了。朱立文说完就转身大踏步地走了。

但是，她在心里原谅了他。他现在无暇他顾，他的心思在这个得了绝症的曾经的恋人身上。

是啊，她心里总是这样想，那个叫晓静的，快要死了。她一想到这里的时候，心里就有点埋怨自己，怎么总是想到这个，好像自己在诅咒她一样。还有什么比生命更值得珍惜呢？她再想到晓静妈妈那憔悴的神情，就更加不忍心，还有什么比失去孩子更加悲伤的呢？

她完全理解一个母亲的心情。要是真能以命换命，那母亲大概也是愿意的。

三

照例，她回家里打扫房间。书房里乱七八糟，她两天没进去了。一股烟味，朱立文平时是不怎么抽烟的，可能是窗户没有开，味道很重。她打开窗户，穿堂风猛地吹进来，把她吓了一跳。桌子上的纸随风飞舞。她捉了一张又飞了另一张，按住了这一张，那一张又飞起来。

关了窗户，她收拾起散落在地上的纸。

在这些散落的纸中，有一张照片，是朱立文和一个姑娘的合影。她从未见过。照片的背面有小字：永不许你丢掉！

那照片上的姑娘，细眉细眼的，嗯，就是人们常说的桃花眼。是真的桃花，又媚又天真。

是晓静吧。吴娅楠心里说。这么好看的姑娘也终究会死吗？嗯，是的，人总会死的，不过是时间的早晚啊。

但那时候多美，年轻又健康，有明媚的笑容和爱情。朱立文肯定是想起了从前，是啊，“从前”这个词多么美！

吴娅楠将照片放在桌子上，盯着照片，呆呆地看了很久。末了，她叹一口气站起来。黄昏已经来临了。

走出书房，却看见朱立文已经坐在客厅沙发上。她快步走过去。他坐在那里，像一个影子，又轻又软。她轻轻蹲在他面前。他张开双臂抱住她，一声叹息从他心里溢出来。她一阵难过。

她对朱立文说：“明天早上，我来做饭，咱们一起去看看晓静吧。”朱立文点点头。他的话越来越少了。但是她都懂，要是换作她，她也会如此的。

唯有重感情的人才会如此。她心里闪过一丝不自在，那是什么样的情愫呢，来得那样匆忙又去得那么快，她也说不清楚。

第二天是个好天气。阳光很好，但是又不热，微风。她起来得不算太晚，但还是晚了朱立文一步。他已经在厨房里忙碌了。她睡得太好了,竟不知他什么时候起床,她为自己的好眠感到一丝羞愧。

吴娅楠站在厨房门口，看他忙碌的身影，一时说不清是什么感受。朱立文一回头看见她靠在门边，冲她笑了笑。她也笑。她说：“我来帮忙。”

很难得，两个人都在厨房里。平时，他俩从来不会同时出现在厨房里。吴娅楠其实并不介意男人不做饭，她只是希望，做饭的时候不是一个人与那些锅碗瓢盆叮当说话。她只想，她做饭的时候，他也在厨房里，洗菜，或者就看着她，与她说说今日的趣闻。但是，这是什么样的想法啊。她有时候会觉得自己十分幼稚。说到这一点，朱立文嘻嘻哈哈：做饭嘛，做饭而已，厨房那么小，两个人钻，多没劲，要么你做，要么我做。何必浪费两个人的工夫啊。

如今两个人在厨房里一起忙活，却是为了另外一个人。哦，那个人，是朱立文从前的恋人。

他并不曾用这样的温柔对过她。她觉得，朱立文是那种踏实稳重的男人，但是又太踏实太稳重了，从来不知道除了生活还有别的东西。他做什么事情都是条理分明，逻辑清楚。嗯，是的，生活中最重要的莫过于有条理。

她有时跟朋友开玩笑说，朱立文像一块木头，不开窍，也不懂得怎么讨女人欢心，假使有女人来勾引他，估计他都不知是怎么回事。她有时候想，从前他谈恋爱的时候是什么样，是不是也像现在？他说过，从前分手不是他要分。不是他，那么就是她了。他们为什么分手呢？吴娅楠从前想，一定是他过于呆板，太不懂得如何讨好女人。

做好饭，吴娅楠说：“我和你一起去看看她吧？”朱立文停了一会儿，说：“还是再等等吧。她情绪不太好。”吴娅楠点点头，拍拍朱立文提着保温盒的手背。他正要出去，她突然说："我就是想看看她，没有别的意思。"

朱立文转过头说："我知道。"他一脚跨出门槛，又转过头说："昨天的菜很好吃，她叫我谢谢你。"

吴娅楠一怔，还没来得及微笑，朱立文就关门走了。

四

她一个人在家里，不知道该干什么。

晓静的妈妈打电话来，说了一大堆感谢的话，她说，朱立文能娶到这么好的老婆真是有福气；她说，谢谢娅楠给晓静做饭；她说，请娅楠多多担待病中的晓静，也多多担待照顾着晓静的朱立文。

电话里，她只是笑，根本没想到这笑对方完全看不到。她客气了几句，挂了电话。

吴娅楠去医院看那个叫晓静的姑娘。

她到了重症病房里。

她闻到死亡的气息。

那女孩在朱立文耳边絮语，说她昨天夜里的梦。朱立文一面笑一面握住她的手。

吴娅楠一阵恍惚：这大约是个梦吧。

她也跟他说起过她的梦。她有时候被自己的梦惊醒。他就在旁边，他被吵醒，有点不耐烦，不会搂住她柔声安慰，他从来不会。

现如今，一个垂死的女人，唤起了他心底的全部柔情。不，或许这柔情原本存在，只是没有在她面前发挥。他总说自己是个很闷的人，他说自己不太会讨好女人。她全部都相信了。

其实，也许不能说全部都信。但，又怎样呢？也许女人和男人总是不一样的。女人爱上了，就会无时无刻不想和所爱黏在一块，开心了要分享，不开心了也要分享，而男人大多是理智的吧。

但是，真正的爱情怎么会是理智的呢？她看到生活中那么多“不理智”的爱情，她看见别人的疯狂、固执、歇斯底里。从前她自己也疯狂、固执和歇斯底里。慢着！那是从前吧。她一点一点地想这些年他们在一起的日子。

就在医院的走廊里，她坐在长椅上想。她坐在那里的样子，真像是陷入悲伤的重症患者。

那一瞬间，她忽然明白，也许，她并不爱朱立文，而朱立文也并不爱她，两个人不过是到了年纪，恰好碰到。说白了，是他们搭伙过日子。细细想来，他们结婚以来，连架都没有吵过，吵不起来。不是她先沉默，就是他不说话。第二天，还像从前一样，好像昨天的事从来没有发生过。她不以为意，觉得婚姻就应该是这个样子的，平淡，安静。

但是，要说她不爱朱立文，几乎没人相信，连她自己也不敢相信。她这个人，多么地爱情至上，叫她跟一个不爱的人结婚，还不如叫她去死。她不信自己不爱他，要是不爱他，她会为这样的事情吃醋吗？她会因为他偶尔流露出来的柔情感动吗？她会因为他没有听她说梦，而听晓静说梦而心里不是滋味吗？不是爱情又是什么呢？

她坐在椅子上，心里空荡荡的。她真想抓住眼前的人，问问他：你告诉我，这不是爱情是什么呢？究竟是什么呢？

可是，是什么真的那么重要吗？

五

那天晚上，她做了一个梦。梦见她在生孩子，那种疼痛叫她撕心裂肺，等生完孩子，她正准备像无数的母亲一样欣慰地笑着看他时，却猛然发现那孩子一点也不像自己，眉毛眼睛鼻子嘴巴和那个晓静如出一辙！她悲愤莫名：出于己身的骨肉竟然长得和丈夫的恋人一样！她恨那个刚出生的生命，竟在一开始就背叛了她。继而她又恨自己，于是用力咬紧牙关，牙齿咯崩咯崩全部都碎掉了。她就在嘈杂的碎牙声中醒来。

夜晚安静，朱立文不在身旁，她浑身湿淋淋的。窗外偶尔闪过汽车的灯光，有风路过，窗帘和光影一起轻轻摆动，淡蓝色的，暗黄色的，有时候明亮，有时候暧昧。

不知道为什么，那一瞬间，她想起了小时候。小时候，村子旁边修了一条运煤的铁路，她和村里的伙伴们一直在等火车来，等了一年多火车都没有来。她们放学了，就沿着铁轨走很远的路。她们不仅仅走路，还捡硫黄。那些硫黄不知从哪里来。她们在铁轨中间把它们捡回来，让它们燃起来。硫黄燃烧发出淡蓝色的火光，荧荧的，又有些跳跃，有些虚幻，伴随着刺鼻的却又让人觉得激动的气味。她记得，那时候最喜欢硫黄燃烧发出的味道。

远别离

吴枚没有想到吴桐会联系她。好几年过去了，他竟然没有忘记她。可是她几乎已经将他忘记了。什么时候都没有想起过，生命中竟然还存在过这样一个人。但是，那个人千真万确，又出现了。就像从前她自己消失那样，无声无息地，他出现了。

这个春天里的下午，天色忽明忽暗，天气预报说有雨。街上到处裙角飞扬，单位楼下的一株柳树在清风的吹拂下不断地向四周散播着毛茸茸的柳絮。已经好几天了，那柳絮仿佛散不完，始终是飘飘荡荡、缠缠绵绵的。没有风的时候，柳絮就停在空中，倒像是夏日夜晚田野里的萤火虫，闪着微小而洁净的光芒。

就是这个时候，吴枚从窗边回到电脑前。桌面上跳出了吴桐的添加请求：我是吴桐。

吴枚愣了一下。吴桐，那曾经是多么熟悉的名字啊，吴枚硬是叫自己忘记了。

吴枚、吴桐，多么像一家人啊，不知道的真会以为他们是兄妹俩。第一次见面时，大家都这么说，于是就起哄，吴桐，认个妹子吧。

吴枚不说好也不说不好，这妹子也就认下来了。

认了就认了呗，也没有什么，不过，这样的游戏倒是中学那会儿玩得比较多。哥哥妹妹、姐姐弟弟的，里头不知有多少心知肚明的暧昧。

其实一开始，吴枚对他并没有什么特别的好感。这个吴桐，像是一棵树，壮实又粗糙，皮肤黑黑的，眼睛细细小小，一笑起来，眯成两弯狭小的月亮。乍一看，竟有点像是他旁边站着的室友的父亲。他可能意识到自己的头发有点微卷，于是刻意剃了寸头，欲盖弥彰似的，那头发一点不肯老实，弯弯曲曲地贴在头皮上，黑还是很黑的，也有光泽。话说到一半，好像觉得有什么不对似的，微微笑一下，用手挠挠头上并不长的头发。这么个大个子，行为举止竟有点孩子气，他的内心和外表简直是两代人。

吴枚觉得好笑。大家都要她喊他哥，说，就和大伙一样，喊二哥好了。“二”是吴桐在他们宿舍里的排行。

秀秀来找她男朋友，嫌吴枚天天窝在宿舍里太闷，就带她出来。吴桐是秀秀男朋友的室友。大家中午一起吃了饭，吃完饭秀秀和男友单独约会，就把吴枚拜托给吴桐了，说：“二哥，这个也是你妹子了，好好照顾啊。”吴桐挠挠头：“没问题。”

吴桐和他室友小韩陪着吴枚在学校里转。走走停停，说说笑笑，还是很开心的。吴桐说：“小妹，晚上一起吃饭，正好是小韩的生日。宿舍里几个哥们儿有实验课，我们学校今天有晚会，这里有两张票，你们先去看，等他们下课了咱们去给小韩庆祝一下。”

吴枚一直到后来才知道他从来没有喊过“小妹”这个称呼，吴桐一直喊的都是“小枚”。可是他那不知道哪里的奇怪口音，说出的“小枚”，就像是“小妹”。

吴枚正不知怎么接话，就听小韩说：“二哥，我晚上也有点事，还是你陪你妹去看吧。”

“你大爷的，关键时刻就掉链子啊！”吴桐笑骂了小韩一句。随即就跟吴枚说：“小妹，咱们去看成不？走吧。”

吴枚没说不好，也没说好。她是一个不会拒绝的人，这样的时候，仿佛也不能说拒绝的话，跟着走便是。可是晚会有什么好看的，自己学校的晚会吴枚都没有参加过，她不喜欢那样的场合。但是，在这里，在这个时候，也不能说不去。在这陌生的黄昏，她心里掠过一丝寂寞。好吧，去就去吧。

会场是一个有着蘑菇伞盖一样的圆形建筑。晚会快要开始了，进进出出的人很多。他俩一进去，就有很多人跟吴桐打招呼。而吴桐，像一个领导似的，很有派头的样子。渐渐地，吴枚听出来了，他是学生会的干部。

晚会比想象中的要好。第一个上场的人还参加过某个著名的电视选秀节目，这是吴桐告诉她的。吴桐的位置本来在前排，是学校领导与学生会干部坐的，但是他没有去。他向会场里的工作人员要了节目单，就坐在吴枚的身边，一个一个解释这些节目的背景。那男生歌唱得很好，把《拯救》唱得仿佛就是原音重现，在高高的安静的会场里余音绕梁，延绵不绝。吴枚眼睛有些湿润。

吴桐说：“小妹，你喜欢这首歌吗？”吴枚点点头说：“我喜欢歌词写得好的歌。”

吴桐说：“我也是。但是有些歌先听旋律，喜欢了，也就同样喜欢歌词了。我很喜欢《曲终人散》呢，你喜欢吗?”

吴枚脑子里出现了这首歌的旋律。好像就在那一瞬间，定下了他们之间的基调：这一曲终了，他们将各自远去，散落在天涯了。

从会场出来，吴桐说：“小妹，我唱歌给你听。”吴枚有一点点惊讶，还没有回答，他就开始唱起来了：“我在大雨刚停的夜晚，一个人游荡，经过一个又一个橱窗，只想等天亮……”

他的声音很好听，把这首歌唱得很伤悲。吴枚沉浸在他好听的声音里。唱完后，两个人都没有说话。良久，吴桐拿出一支烟，刚要点上又停下来，说：“抽烟不介意吧?”吴枚摇摇头。吴桐于是点上烟，深深吸了一口，才说：“这是高中时和初恋女友分手的时候，我唱给她听的歌。”吴枚不知说什么好。过了一会儿，吴桐又说：“她听完也像你这样，什么都没有说，过了许久，才转身走了。于是我知道，我们俩完了。”

他好像挺伤感的样子。吴枚于是笑笑：“高中呀，那么早就谈恋爱，还考上大学了呢！”吴桐笑了起来：“嘿嘿，当初我很厉害的。”

正说着，他手机响了，是同宿舍的人叫他们去餐馆会合。

事后才知道，秀秀带她去吴桐学校是要将她介绍给小韩的。阴差阳错，小韩并没有看上她，倒是另外一个人，对她有那么点意思，叫朋友想办法将她留到晚饭结束。

秀秀并没有说那人是谁。可是吴枚心里有那么一点明白，也许那个人就是吴桐。

这样的一次会面结束后，秀秀有事无事就拉吴枚去吴桐的学校。秀秀是要去的，她理由充分，自己的课少，来看男朋友，光明正大。可是吴枚去算怎么回事呢？吴枚不愿意去。但是秀秀说："枚子呀，你待在宿舍里都要发霉了。大学快毕业了，好好珍惜啊。再说了，你是去看你哥呀，吴桐不是你哥嘛。"

吴枚心里就渐渐活动起来。去了之后，秀秀就把吴枚丢给吴桐："吴桐，枚子来了，好好照顾啊！"

吴桐挠挠头，眼睛笑成两弯月亮。

这样的次数多了，吴枚心里渐渐明白，其实她是想去，可又觉得算什么事呢。

吴枚说不上特别喜欢跟吴桐在一起，不过，他们在一块还算和谐。吴桐有时候带她去操场打篮球。吴桐有足球比赛的时候，她就去观战。吴桐擅长踢足球，他的队服是23号。她盯着那个穿着23号球衣的吴桐在球场上飞奔，看着他运筹帷幄的样子，就觉得有点骄傲。

有时实在无聊，吴桐就替她借一个图书证，两人一起去图书馆。

吴桐学校的图书馆是前几年刚建成的，宽敞明亮，一进门，就是天井，天井的玻璃上映着蓝天和洁白的云朵。阳光洒进来，落在四方的小石子铺成的水池里。睡莲的叶子，光影斑驳的，真好看。小池旁边还有几株吴枚叫不出名字的大绿植，枝叶婆娑。

他们在图书馆最高的一层找地方坐下，通常在靠窗户的桌子旁。一人一边，坐下来，对看一眼，什么也没有说就先笑了，然后放好东西各自去找书看。其实，也看不了什么书，至少吴枚看不了。她总觉得在图书馆看书的情侣都是做做样子而已，你望我一眼，我看你一眼，间或打个电话，发个短信，又喝口水，能看什么书？但是且慢，看自己想到什么了。情侣？她和吴桐什么关系？怎么突然想到这儿来了？虽然只是在心里想想，可吴枚还是觉得不好意思，脸上一阵燥热。她抛下书，走到窗边去。图书馆的玻璃窗可以用巨大来形容，楼下是一片水塘。据说，这水塘里是活水，和旁边一所技术学院里的水塘相通，是通向长江的一条支流。水塘里种满了荷花。如今早已过了荷花盛开的季节，只剩下几片叶子，有点颓败的趋势了。

吴枚渐渐知道自己是喜欢上这个一脸老相的吴桐了。她潜意识里觉得吴桐对她也应该是有好感的。吴枚有时开玩笑似的问秀秀对她有点意思的那个人是谁，秀秀却天机不可泄露似的打岔打开去。

他们就这样，仿佛情侣一般，又好像是兄妹，可是谁也没有说什么。这样的感觉对吴枚来说并不新鲜。高中的那些同学，时不时就以这样的暧昧姿态交往。说是普通朋友，可怎么看都比普通朋友亲近多少倍。说是恋人，但谁都没有明说。在外人看来，这不是恋人是什么？还能是什么？

吴桐不说，吴枚也不说。她觉得他们是有默契的，内心里是彼此相知的。是啊，有这灵犀就够了，何必动不动就爱来爱去、爱死爱活的呀。吴枚心里有一丝喜悦，但说不清为什么又有点缺乏自信：吴桐也是这样想吗？她想先说些什么，可又找不到合适的机会。

吴桐说："小妹，小妹，我们的名字里都有木，五行缺木呀。"

吴枚就想笑。桐是个木不错，可吴桐不就是"无木"了吗？跟五行有啥关系呢。再说其实父母给自己取这个名字，可不是从五行上考虑的。父亲说，女孩嘛，就要有草木的清秀。吴枚的姐姐叫吴槿，她只好接着来叫吴枚了。槿还好说，可枚算什么。她父亲只是从书上找到这样的字，以为只要是木字旁都是好的，都有草木的清秀。

吴枚不知道该怎么描述曾经的那一段时光，一切都好像在遥远的过去，仿佛没有发生过，可是却又像是在昨天。那些言语，那些场景，历历在目，清晰异常。

吴枚总以为要发生一点什么。有时候，眼看着吴桐欲言又止像是将要说出些什么，可是，他没说。一个学期将要过去了，吴桐还是什么也没有说，他们之间什么也没有发生。圣诞节的时候，吴桐打电话叫她去步行街，说要介绍她认识一些朋友，一起玩。吴枚去了。到了才知道，只有吴桐和另外一个男生。

那个男生，后来成为吴枚短暂的男朋友，他叫宋海。

吴枚心里既失望又难过又羞愤。他竟然给她介绍男朋友，他竟然以为她这样有事没事就和他在一起是闲得无聊，实在没有人追！他竟然一点也不明白自己的心！他怎么可以这样自以为是，又这样不解风情！

吴枚的眼泪差一点就要出来了，但是她又忍住了，只在心里暗暗地想：你不是要给我介绍男朋友么，那我就接受好了！

于是宋海正式成了吴枚的男朋友。为了感谢吴桐，宋海要请吴桐吃饭。见面时，吴枚比往日里更加活泼，话好像也多了。吴桐有些惊讶，好像又有点失望的样子。吴枚说：“二哥，你什么时候给我们找二嫂呀?”

宋海说：“瞧你，二嫂早就有了，你还不知道?!”

吴枚一怔。

“二嫂可是二哥青梅竹马的女朋友哦。你没有见过吗？上个星期还来呢。”

吴枚看着吴桐。吴桐有点尴尬地笑，随即又对宋海说：“什么青梅竹马呀，都是哪跟哪呀！”

吴枚盯着吴桐：“二哥，怎么从来没有听你说过呀。二嫂是哪里的？长得一定很漂亮吧？”

吴桐没说话。宋海却接着说：“二嫂呀，在南京呢，比咱二哥高一届，现在工作都大半年了，假期不多，只能抽时间偶尔来看看二哥。”

吴枚不知道怎么才能压住这样的吃惊。他原来有女朋友的！难怪要将我打发了。可是他有女朋友，他为什么还要这样？认识这么久，竟然从来没听他提起过。吴枚忍不住自嘲：也许真的是我想多了，他真的把我当成小妹。

于是她心里就想，这个二嫂该是什么样子呢。

半夜，她发短信给吴桐：怎么没有听你提起过？

半晌，吴桐回了短信：嘿，提这个干什么呀。无缘无故的。

吴枚没有再说话了。

寒假吴枚回家去。这里每天都下雪，好像一个冬天都在下雪似的。吴枚就在这样的冬天里想着那些事。秀秀给她打电话，两人聊了半天，找工作呀，考研呀，考公务员啊，又说到毕业之后的爱情走向。秀秀也难过，男朋友和自己不是一个地方，将来他要回家乡发展。而她呢，也要回老家教书。

吴枚好像还不太愿意面对这即将到来的毕业，内心空荡荡的，好像和秀秀刚说完话，“毕业”这个怪物一下子就矗立在眼前了，它的阴影一下子笼罩了吴枚。吴枚心里没来由地一阵恐惧。

年三十的晚上，吴桐打电话给她，说："小妹，祝你新年快乐。替我问你家人好。"吴枚一下子就哭了，哭着哭着就挂了电话，自己都觉得有点莫名其妙。吴桐紧接着又打电话来，她也不接了。不是不想接，只是不知该说些什么。不知自己为什么哭，好端端的，为什么这样呢？吴枚恨自己不争气。

怎么了？吴桐发短信问。

她许久没有回复，不知怎么回复，又怕他再发短信来，就把手机关了。陪父母看了一会儿电视，就回了房间。

躺在床上，她脑子里乱七八糟的。迷迷糊糊不知过了多久，吴枚睁开眼睛，看见窗外一片洁白，雪已经落了很厚了。她打开手机，手机短信铃声滴滴响了两声，并不是吴桐。两条短信，都是宋海发来的。

枚子，怎么关机了呀？

枚子，开机了吗？新年快乐。

她有些失望，用力将手机塞回枕头下面。过了一会儿，她又掏出手机，回了短信给宋海，说手机忘记充电自动关机了，语气是客气又客气的。虽说他俩是名义上的男女朋友，可是吴枚总觉得这人陌生又陌生，仿佛真的是为了赌气，她甚至都没有告诉过朋友他是自己的男朋友。每次相见，都是吴枚去他们的学校。吴枚也说不清为什么，是为了不想叫自己的同学朋友知道，还是为了能见到吴桐？宋海总是叫上吴桐，好像他自己也不好意思单独和吴枚在一起。

吴桐再没有发短信过来。她心里有些难过。

难过的一瞬间她突然下了决心，要告诉他自己的想法。

不知哪里来的一股勇气和悲愤促使她终于将很久以前就编辑好的短信发了出去。

她说：吴桐，我爱你。

然后就又关了手机：她害怕他回复，又想看他回复。关了机，她就看不到了。她怕他说出她不想听的答案。

然后她蒙头大哭，不知什么时候就在哭声中睡着了。

那一夜吴枚做了许多梦。

醒来的时候吴枚一阵茫然。手机打开了，一条短信也没有。吴桐没有再发短信，她也不想再发，她是想叫他记住那条短信。于是她就等。等的期间，只和宋海淡淡地聊几句短信。宋海倒是热情，他说：我跟我妈说交女朋友了，我妈叫我带你回家呢。我妈还叫我对你好一点，我妈叫我别辜负了你。我妈长、我妈短的，吴枚不知说什么好，过了许久，才淡淡地回复说：呵呵。你呀。

吴枚不知道吴桐的想法。他不再联系她了吗？连小妹也不再叫了吗？就在吴枚这样想的时候，吴桐的短信来了，随便的一条祝福短信。吴枚的心里一阵惊喜，虽然只是祝福短信，她还是很高兴。她回复说：谢谢二哥。

他没有回复她那一条表白的信息，却在好几天之后发来这样一条无关痛痒的短信。吴枚高兴之余又有点遗憾，他怎么想的呢？他什么也不说，是想当作什么也没有发生吗？

刚和宋海在一起的时候，吴桐当着他们的面，郑重其事地对宋海说："阿海，你小子要是敢对不起小妹，看我不卸了你！"吴枚意味深长地盯着他的脸，从他脸上什么也看不出来。吴枚真的很想叫宋海辜负了她。如果是宋海辜负了她，他真的会为她出头吗？他会不会因此更加疼惜她，会不会因此而与她相爱？

开学的第二天，正好是情人节，宋海早就和吴枚说好了要一起过。

一大早宋海就打电话说："这个节日咱们一起过不成了，二嫂也来了。二嫂好不容易来一趟，我们大家得为她接个风。中午我去接你呀，你下午没有课吧？"宋海一个人絮絮叨叨，一句接着一句。等他停下来，吴枚才说："我有两节课。"

"我中午去找你，陪你去上下午的课。"宋海仿佛兴致很高。

像往常一样，吴枚不知道怎么拒绝。

中午，宋海来电话说在她学校外面。吴枚心里紧张：他应该不会带着一束花吧？要是真带了该怎么办呢，接还是不接？接了成什么意思了呢？可是不接也不好吧。但是也许他什么也没有带。但愿他什么也没有带。

见到他两手空空，吴枚悬着的一颗心落了下来，却又有着一丝失望。选择这样的日子来相见，却没有花，总是叫人有点不是滋味。

这样想的时候吴枚就不知道自己怎么了，明明不喜欢他，还是要这样那样地联系着。于是她就想，今天一定要告诉他自己的想法。一定要说，不能再拖下去了。

他对着她笑。她也笑。

他们去小吃街晃呀晃呀。彼此都说吃过饭了，其实吴枚哪里吃饭了，只是不想和他一起吃。她不知道怎样面对一个不太熟悉的男生，不知道该以什么样的心情和他一起吃饭。最后他们在路边买了两颗橙子，一边把玩，一边走路，淡淡地说话。天还是冷的，又突然下起了暴雨。他们躲在小街尽头学校的食堂里。在吴枚的印象里，暴雨铺天盖地，好像在发泄着什么不满。他们坐在食堂的窗户边，窗外的大雨遮住了所有的一切，高大的香樟树身上，雨水哗啦啦地往下流。他们对坐着，都没有说话。

最后宋海说："我剥橙子给你吃好吗？"

吴枚愣了一下，随即点了点头。

他有好看的手指，橙子在他手里旋转，他专注地盯着手里的橙子，眼角眉梢挂着笑意。可是吴枚觉得他们之间仿佛隔着蒙蒙的烟水，他那么近，却又那么遥远，一切都是那么虚幻。她在心里说：我并不爱你，并不爱你。可是她说不出来。

上课的时间到了，可是雨还没有停。干脆不去上课了吧，正好找一个借口，不然，他和她一起走进教室，认识的人会怎么想呢？在这样一个特殊的日子。

此刻，吴桐来了短信：情人节快乐！

吴枚没有回复。这一场约会他必定知道，她还能说什么呢。他以为她很快乐。最快乐的那个人应该是他吧，那个"二嫂"不是来了嘛。

这一场雨下得时间也不长，有点夏天雷阵雨的节奏，迅速，汹涌，完全没有冬春之交雨水的绵长细腻。

最对不住的那个人大约就是宋海了。吴枚在心里想。这样的情形，无论如何都错在自己。

雨过去了，天阴沉沉的。云朵在西边的高楼上，灰蒙蒙、软塌塌的，像是有人将微淡的墨随意泼洒在浅灰色的天幕上，让人心里无端生出一种拥堵的感觉。

当天晚上，吴枚见到了吴桐，自然，也见到了传闻中的"二嫂”。桌上只有吴枚和二嫂两个女孩，还有吴桐的室友。二嫂笑盈盈地坐在吴桐边上，她是主客。吴枚和宋海坐在他们对面。

如果吴枚写日记的话，她一定会在那天的日记中写下那个“二嫂”。她还是很好看的，身材不是那么苗条，可丰满得恰到好处，染成栗色的头发梳成一个发髻，靠右侧插了三支小巧的钻饰，在灯光下一闪一闪的，很好看。

整个晚餐，吴枚吃得并不多。吴桐夹菜给二嫂。二嫂看着宋海，一副过来人的姿态，说：“阿海，你怎么不给小妹夹菜呀！”宋海就调皮地笑：“这不，还没修炼到二哥的境界呀。”吴桐就笑骂他：“怎么？我平时也给你们夹菜的呀。来来来，见者有份。”说着又给身边的人夹菜。其他人都笑，二哥平时是只给桌子上女同胞夹菜的呀，今天怎么了？吴桐笑着笑着就给吴枚也夹了一筷子菜，说：“今天高兴，叫你们沾光呀！”他并不看吴枚。

吴枚没有立刻就吃。二嫂看了看她，似笑非笑的样子。

吴桐喝了不少酒，醉醺醺的样子。

回去之后，吴枚就发短信跟宋海说：宋海，我们分手吧，我不喜欢你的。

宋海问为什么。

吴枚想了想，说：我喜欢吴桐。

宋海再也没有消息了。

这样一来，吴枚心里也就好受多了，再去吴桐学校的时候，也不再担心遇见吴桐了。吴桐也不躲着她。一次两人在操场上坐着的时候，吴桐说：“阿海那么好。你，唉……”吴枚没有说话，两只手一下一下地揪扯操场上刚刚长出来的嫩草叶子。

吴桐说："你知道的，我有女朋友。"

吴枚巴巴地点点头："我知道我知道，二嫂嘛。可是我是你妹妹呀。"

吴桐就用手挠挠头，不太好意思地笑。笑着笑着，脸色又渐渐严肃起来了。两个人没有说话。

已经是春天了。

大家都开始忙着找工作，学校里几乎没有课，吴枚有大把大把的时间，三天两头去吴桐学校。吴桐很优秀，学校推荐他到某公司，就业问题不必担心。于是他整天游荡，还组织这样那样的足球赛。

四月十七号是吴桐的生日。吴枚偷偷地看过他的身份证，偷偷地记下了，天真地想：这下我就再也不会找不到你了，即使你到了天涯海角，我都知道。

十七号上午，吴枚跑遍整个步行街想找一份合适的礼物，最后买了一只打火机。他曾说，她经常给他寄烟来。他口中的"她"就是二嫂，但是他从不说她叫什么名字。她常常叫他戒烟，却还是忍不住给他寄烟来，寄来的时候还附一张纸条：记住啊，这是最后一条。"每次都说是最后一条呢。"他说着说着就不好意思地笑了。于是吴枚也笑。

可是不知为什么，她竟会买一只打火机给他。烟和打火机是多么好的一对啊，好像没有什么别的合适的东西了。

吃过午饭，吴枚骑车子穿过一片正在开花的油菜田，油菜田的四周是一片绿油油的麦子。她心情很好，打电话告诉吴桐一会儿自己去找他。他犹豫了一下，说："好吧，我在操场踢球，你到那里找我吧，不过晚上不能陪你吃饭了，她要过来给我过生日。”

吴枚说：“没事呀，我就是想给你送个生日礼物嘛。二嫂来给你过生日，你应该陪的呀。”吴枚说得很大声，借以掩饰自己嗓音里的苦涩。

吴枚到的时候，操场上的比赛正激烈。她瞅着那个穿23号球衣的他。他好像看见她了，她看见他朝自己所在的方向笑了一下，还挥了挥手。她正在朝他微笑的时候，眼睛的余光看见旁边有个短发女孩朝他也挥了挥手作为回应。她看了那个女孩一眼，是二嫂。

吴枚一直告诉自己，心里一定要明白，自己是怎么样的处境，别人又是怎么样的位置。她告诉自己一千遍一万遍，可是此时，看到他们之间的默契，她的心还是狠狠地疼了一下。

她定了定神，转身骑车，飞一样地逃跑了。走到半路，她又转了回来。二嫂仍旧站在原来的位置，她胳膊上挎着一个包，包上搭着她的外套。

吴枚走到二嫂身边，站了很久。她全无察觉，她的眼里也只有操场上的那个他吧。吴枚看着她好看的侧脸，看着她眼睛里的微笑，心里不知是嫉妒还是羡慕。

又停了一会儿，吴枚鼓起勇气，拍了拍她的肩膀：“嘿，二嫂，什么时候来的？”那女孩回过头，看了吴枚一眼，有点惊讶，她没有将吴枚认出来。

吴枚又笑笑：“怎么，二嫂不认识我了？我是吴枚呀！”

二嫂这才笑了起来：“哎呀，还真没有认出来。小妹呀，染头发了呀，这才多久没见，变得这么漂亮了，难怪我没有认出来。对了，你怎么来了，来找阿海吗？”

吴枚摇摇头：“不是，我来玩，找一个朋友。怎么，二哥在踢球吗？”

“是呀，瞧，那不是嘛！”二嫂指着吴桐的背影。

那当然是他，我的眼睛一刻也没有离开他呀。吴枚在心里想。但是她嘴里说：“哪儿呢？我怎么没看到。”

二嫂就笑笑，笑得吴枚心里毛毛的。

“什么时候结束呀？”吴枚赶紧问。

“还有半个多小时吧。”二嫂淡淡地说。

“走，我带你转转。”吴枚把自行车推起来。

吴枚就带着二嫂在不属于她们俩的校园里转。两个女孩子一前一后，随便说着话。

“真羡慕你们还在学校里念书呀。”二嫂没话找话似的。

“哎呀，行了吧，你不也才毕业吗？再说了，你这多好呀，工作也安稳下来了呢。我们也要毕业了，可是还没找着工作。”

“吴桐这家伙，非要留在这地方，说学校推荐的工作还挺好的，多少人想进都没有门路，他不能这样不识抬举。”二嫂悠悠地叹一口气。

“怎么，二哥不愿意去南京吗？”虽然早就知道学校已经给吴桐推荐了工作，可是这样的话从二嫂的口里说出来，吴枚心里又欢喜又紧张。

一路上花木繁盛，青湖边一株洋槐树细细地挂满了小花骨朵儿，有一对恋人正在蹦着跳着摘洋槐花。她们俩停了自行车，坐在湖边长凳上。

“可不就是。真是太为难了。本来以为他毕业了就能在一个城市了。”二嫂又叹一口气，“对了，你和阿海怎么打算的呀？”二嫂话锋一转，问起了她和宋海。

“哦，我们早分手了。”吴枚淡淡地说。

“为什么呀，阿海可是好小伙子呀。”她很惊讶的样子。

吴枚苦笑着：“嗯，他挺好的，我觉得我配不上他，就分手了呗。还是不要说他了。二嫂，说说你和二哥的恋爱史吧。”不知为什么，吴枚竟然和她聊得很投机。那模样，真的像是吴桐的小妹妹，面对嫂子，调皮可爱又狡黠。

一说起吴桐，二嫂的话滔滔不绝。说起吴桐高中时候的顽劣，说起他和初恋女友分手时候的沮丧和落魄，是她把他从绝望中拯救了出来。她考上了大学，可他因为分心太多，高考失利，只好再复习一年。她写信给他，鼓励他，安慰他，最终他考取了现在的学校，他们也名正言顺地走到了一起。

二嫂絮絮地说着。吴枚坐在她身边，看着波光粼粼的湖面。夕阳正艳红着，将水面上几丛灰暗的睡莲照得霞光四射。一排高大的槐树正一串一串地打着紫色花骨朵儿，有些已微微开放。风轻轻地吹过，空气中有若有若无的香味。吴枚一边听她说，一边想象吴桐的少年时光。渐渐地，她觉得自己应该是那个在他受伤时出现的人，至少，他在唱那首歌的时候，她该在他身边，给他无尽的温柔，告诉他，那个人不愿要的，她要，她就是他小小的太阳，带给他温暖，带给他崭新的爱情和力量。

可惜那个人，不是她，而是现在坐在她身边的人，那个她从一开始就要叫作“二嫂”的人。她的心忽地悲凉起来，于是就恹恹地说：“二嫂，我送你回操场吧。我朋友不知什么时候才能回来，我要先回学校了。”

“哦，是吗，晚上一起吃饭吧。”

“不了，我借了同学的车子，她晚上要带家教呢。”吴枚说，

“走吧，我送你去。”

“不用不用，一会儿我给你二哥打电话，叫他来这里找我。我就在这儿坐一会儿。你赶快回去吧，你看天忽然又阴了，要下雨了。”

回去的路上，下起了雨。吴枚无力地蹬着自行车，两条腿好像不是自己的了，一点力气也没有。雨下得很急，大颗大颗的雨点砸在吴枚的背上、胳膊上，有点微微的凉和疼。就在这时，宋海来了短信：小枚，下雨了，你还在路上吗？今天在操场我看见你了。

吴枚没有回复。她发短信给吴桐：我回去了。我还没有亲口跟你说生日快乐。礼物还在我手里。生日快乐吧。

吴桐也没有回复。

雨渐渐地止住了。吴枚其实是很想叫这场雨下得再大一些的。他一定知道她此刻在冒着大雨回去。而她为什么会冒这一场大雨？她是为了给他送一份生日礼物，说一句生日快乐。可是天公不作美，雨还是渐渐地止住了。

云朵黑黑的，在天边。吴枚想哭却没有眼泪，心里干干的，一点想法都没有。她骑车子到学校，回宿舍倒头就睡。她根本不能想象这个下午，她载着她所谓的“二嫂”，在这个不属于她们俩的学校里四处乱转，竟然还相谈甚欢。

二嫂一定不知道她的真实想法，还一个劲说宋海的好话。她如果知道吴枚喜欢的人是吴桐，吴枚相信她一定不会如此侃侃而谈。

可是吴枚怎么会知道，吴桐早已经把所有的事情都告诉那个二嫂了呢！她怎么会知道！就在她们在操场上、在湖水边的长椅上谈论吴桐年少故事的时候，那个二嫂，那个不动声色的二嫂，早已经掌握了所有的真相。她知道吴枚是来给他送生日礼物，她知道吴枚和宋海早已分手，而分手的直接原因就是吴桐。可是她一直在和她说他。她说他这样那样的往事，说她和他产生深厚感情基础的过去。

吴枚后来才知道，这个女人这么说，只是在向她示威：这个人你是抢不走的，他的过去我了如指掌，他爱我的时候你还不知道在哪里呢！我了解他所有的苦痛和欢乐，我知道他的喜好和厌恶，我知道所有你不知道的往事和秘密。你，而你算什么呢?!

吴枚悲伤得无以复加。自己真是个笑话。她觉得自己像一个浑身赤裸的人，站在二嫂面前。她当时心里一定在暗自笑话着自己。那个女人，不显山不露水，就已经胜券在握了，就已经居高临下地看着她在痛苦地挣扎。

吴枚每次一想到这里，心里就恨得不行，一边怨恨，一边懊恼。可是有什么用呢?

吴桐在网上说：小枚，我结婚了，前几天当了爸爸。但是我忽然想起你。你还好吗?

他叫她小枚，不是小妹吗?

吴枚心里一动，可还是说：哦，恭喜你。是男孩还是女孩呢?

一男一女龙凤胎呢。

啊。你真厉害！吴枚开玩笑似的说，像你还是像二嫂?

唔，还看不出来。过了一会儿，吴桐又说：呃，这个二嫂不是从前的二嫂。

吴枚又是一愣。不是从前的二嫂。他们竟然没有结婚吗？怎么会呢？他们感情那么好。他们那么相爱，那么默契，可是怎么会没有结婚呢？

很奇怪，听到这样的消息，吴枚替那个她曾叫过二嫂的人惋惜了许久。

我们都没有陪他到最后，到最后，给他生孩子，叫他老公，被他百般宠爱的那个人，竟会是别人。吴枚心里一阵感慨。

吴桐说：后来是她要分手的。她以为我爱的是你，于是就分手了。

吴枚愣住了，她的手不停地抖，一个字也打不出来。

她鼓足勇气：你，你当初真的一点也没有爱过我吗？

吴桐发过来一个龇牙咧嘴的笑脸：过去的事啦，还说它干啥。

是啊，都是过去的事了，过去那么久了，还提它做什么呢？他是否爱过，有什么关系呢，已经是现在了呀。

已经是现在了，时光再也回不到过去了。可是，过去的那些点点滴滴，因为他的重现，渐渐又都浮现出来了。原来，那些吴枚以为自己忘记的，叫自己忘记的，竟然一点也没有忘记。

自从那次操场事件之后，吴枚再没有去过吴桐的学校。吴桐说："小妹，你别再来找我了，我们没有缘分的，这样对大家都不好。"

吴枚忍住心里的酸涩，强迫自己不要再去他的学校，不要再去找他了，反正六月份很快就要到了。到时候，大家各自散去，远隔天涯，再也不会相见了。

可是，不去见他是容易的，不想起他却没有那么简单。实在想见他，吴枚就写信给他。不分时间不分地点，只要心里有那么一点想法，她就写。去招聘会，遇到委屈了，她就在递出去又还回来的简历后面写；在嘈杂的火车站候车的时候，她把厚本子按在胸前的背包上写；在拥挤的火车车厢里，没有座位的她趴在椅背上写……

幸好离毕业的日子不远了。吴枚后来想，就因为不远了，才要坚持写下去，才要将无望的爱情进行到底，或者，将这样的感情以爱情的名义进行到底。写到后来，吴枚真的不知道为什么要写，又写给谁。

还有一个星期就要离校了，吴枚的心里既失望又欣慰。但是她写的信要不要给他看呢，她心里犹豫不定。可是，这个短暂相遇的人，注定要被她记住一生了吗？这个人，她为他哭过笑过，爱过恨过，将来一定要把他遗忘了吗？这个人，不远不近，若即若离，将来再也不能遇见了吗？

吴枚不知道有这样的一份感情是该哀痛还是庆幸。吴枚想起他们第一次见面的情形。在马路对面和舍友一起等着秀秀和她过来的吴桐，在喧嚣的人群里，在扬起的风尘里，他的脸寂寞而又洁净。可是，第一眼，她并不喜欢他。

吴桐说，我们认识得太迟了。真的吗，是相见恨晚还是你不够勇敢？吴枚在心里恨恨地说。吴桐说，新的生活很快就会来的。会有人很爱很爱你，而那个人不是我。是的，新的生活也许会开始，可是旧的时光的影子总会重现。类似这样的话，吴枚在心里反驳过他多少遍，可是，当着吴桐的面，她一句都说不出来。

我不能和你在一起，可是我始终爱着你。吴枚想，就像蝴蝶飞不过沧海，我始终走不进你的心，多么叫人绝望。

吴枚找的工作在桂林，离这个城市算是很远了。以后如果再见面，恐怕很难了吧。

吴枚正犹豫要不要再见他，吴桐打电话来了。

“小妹，你要离校了吧，我给你送行。”他说，“我去你学校找你好吗？”

“不，我去找你。”吴枚脱口而出，想想又觉得不妥，于是又接着说，“你们那儿我熟。”

吴桐没有推辞。

吴枚没有想到他会主动打电话给她。她以为以后再也见不到他了。

两个人在学校附近的小餐馆见面。吴枚要了啤酒，吴桐没有阻拦。他们有一句没一句地说着话，谁也没有提即将到来的离别，谁也没有提那个二嫂。

吴枚一杯一杯地喝着啤酒，越喝越悲凉，越喝越绝望。这两个月以来的压抑和刻意阻拦的思念，像这啤酒杯里的泡沫，越倒越多，哗啦一下，溢出了杯面。喝到最后，吴枚哇哇地哭。就听见他跟老板说：“我女朋友，过生日呢，被灌酒灌多了。呵呵。耍酒疯呢。”吴桐从对面坐到她旁边，不说话，只是抱着她。

这一顿饭吃到餐馆打烊。吴枚喝多了，她一边哭，一边扯着吴桐的衣角。走不动路，在马路边吐起来，一边吐，还扯着吴桐的衣角不放。

她好像很糊涂的样子，其实很清醒。她知道自己在做什么，平时不敢想不能做的事情，借着酒劲都发挥出来了。她清楚地听见吴桐叹气的声音。他说：“小妹，你何苦呢？”

吴桐背着她。她在他背上，眼泪不停地流。这是他第一次背她，大概也将是他最后一次背她。她的心好像空了一大块，不知道什么东西被抽走了，空落落的，每哭一声，心里都发出空荡荡的回声。

她一边哭，一边捶着吴桐的背。她又在他背上笑，眼泪哗啦哗啦地流。他的背全都湿了。

她抱着他，不叫他走，眼泪鼻涕都往他身上抹。

她说："吴桐，你说你爱我，说你爱我。"

"小妹，我爱你。"她迷迷糊糊听见他这么说。

她抱着他的头，说："吴桐，你说你不会离开我，说你永远都不离开我。"她迷迷糊糊又听见他说："是的，小妹，我爱你，我永远都不离开你。"

吴枚无限悲哀地想，这是第一次，也是最后一次。吴枚的眼泪又落了下来。那一刻，她忽然明白那句歌词所要表达的意思：恨不得一夜之间白头，永不分离。是啊，恨不得一夜之间白头，这样就省略了中间的变故，省略了恨和别离，省略了一切一切可能发生的转变与波澜。这样就能与你白头偕老，这样就能与你生死相依，不离不弃。此刻，吴枚多么希望这一刻就是永远，这一刻就是白头的时候啊。

但是，一切都不会发生变化了，一切都已经到此为止了。那些信吴枚一直放在包里，没有拿出来。

她关了手机，取出卡，扔到了水塘里，她将他从好友栏拉到黑名单里。从此都不要再联系了。还有什么好联系的呢？

可是如今他又出现了。

时间是治疗一切伤痛的良药，没有什么爱情不能遗忘啊。吴枚对自己说。如今他已成家，他已经成为别人的丈夫。他竟然没有忘记她，他找到她是为了要说明什么，吴枚不知道，只在心里暗自庆幸他是在这样的时候出现。

如果再早一点，她恐怕就会因了他的出现而回转自己的心意。就像向着太阳的花朵，永远朝着他的方向，她也许会奋不顾身地奔向他，管他有没有女朋友。可是已经到这个时候了，早已经过了那一段爱情的期限。吴枚已经忘了，忘了。

任何人都无法彼此拥有啊。吴枚想。曾经以为的天长地久，曾经以为的至死不渝，也不过只是年少轻狂的誓言。

他说：小枚，我后来找过你，可是怎么也找不到。

吴枚说：哦。是吗？

他发了一个尴尬的表情：真的，我找过你。那天之后我找过你，可是你手机关机了。真的找过你。

吴枚说：我相信。

可找过又怎样啊，这个世界上，有谁非得要找到谁不可？又有谁值得你非找不可。如果那个人真的非找不可，无论要找的人在哪里，都一定能找得到，只是时间的早晚而已。吴枚已经不在意了，既然没有找到，那么找与不找就没有什么两样。她也没有想过一定被他“找到”。

他现在对她说：小枚，有空来我们家玩，看看你侄子侄女。

吴枚发过去一个笑脸，淡淡地说：好啊。呵呵。

她在心里想：你自然不知道，你永远也不知道了，为了告别你，我翻越了一千座山，穿越了一万条河流，如今，在一个你再也不会一眼就能看见的地方。幸好，我没有忘记那些细节，又那么幸好，我已经不爱你了。

她心里已没有异样的感觉了，好像吴桐就是在某一个路口遇上的路人甲，与之交谈了，分开了，然后在某一个陌生的路口又遇见了。因为长时间没有交集，再次遇上的路人甲也没有什么特别了。

也就是在那一刻，吴枚忽然意识到：她也许并没有爱过他，一直爱着的只是自己在爱情中的模样。她看见自己的深情，自己的疼痛，自己受到的委屈和伤害，自己的付出……可是那种让自己都感动了的情感竟然不能感动爱情中的那个“他”，于是渐渐地一边受伤，一边遗忘，直到将过去变成遥远的天涯。

相思赋予谁

很多个夜晚，他独坐窗前，望着阳台上破败的花盆，陷入深深的悔意：如果那一次没有让她出去，这些花草一定还是生机盎然的。她也会是。

空荡荡的家，到处都是她的气息。屋里所有的一切几乎都是妻子一手操办，换床单的时候，他想起她张开双臂让床单从胸前往外铺展时，头发被床单带起的风吹动的样子；拉窗帘的时候，吊环在杆子上滑动的声音让他想起妻子当时的惊叹：阳光被放进来啦！还有墙上的画，桌上的杯子，厨房里的锅碗瓢盆，阳台上的花花草草……每一样都经过妻子的手，每一样都让他回忆汹涌。所以，他选择让那些花草慢慢死去，假装不经意打碎碗碟、杯子，许久不更换床单，不拉窗帘。可是没有用，到处都是她的气息。

有时，他问自己，妻子去世真的让他那么悲痛欲绝吗？半年之后的今天，他不确定答案是不是肯定的。妻子去世之初，人人都觉得他应该是也一定是悲痛欲绝的。人人都来安慰他，他们的朋友、亲人。他几乎被他们的安慰搞得绝望了。于是他躲在屋子里，不出门，不接电话，不上网。他的心，安安静静地在屋里跳动。他看书、喝茶，在乱糟糟的屋子里光着脚走来走去。尽管每天都会想到她以及她已然不在的事实，但从人们的安慰——真心实意的安慰中逃离出来，他仍觉得有种轻松和快乐。

一天晚上，意外地下起了雪。他照例在房子里无所事事地走来走去，眼睛胡乱地在书架上扫：一对颜色鲜艳的泥偶，一个莲花状的香插，几只造型各异的主人杯，裱在相框里的虞姬剪纸……这些小玩意儿，大都是妻子旅行带回来的。正想着，他的目光落在一排书上，那上面有几个笔记本——大约也是她从各地买回来的。

笔记本上落满了灰尘。他用袖子擦了擦，又蓦地想起从前他用袖子擦东西时她的嗔怒。灰尘仿佛入了眼睛，他使劲眨了眨。

他随意翻着那些笔记本——果然是没有使用的，有一本甚至连塑封都没有拆开——妻子一向喜欢买这些本子，有时候甚至为了得到商家赠送的一些“好看的”笔记本，而买一些原本不需要的东西。有一本扉页上有妻子的名字，除此之外，什么也没有，和新的没什么两样。他呼啦啦地翻着笔记本，一闪而过的一页上恍惚有什么笔迹。他翻到那里，上面有一个邮箱的账户和密码。

他打开电脑，登录进去。收件箱里，除了几页从未打开过的广告邮件，什么也没有。

发件箱里有很多邮件，都是发给 lyg20120612@163.com 邮箱的。

他随手点开了最近的一封，日期是妻子去世前几天。

没有称呼，也没有落款。

一大早天气阴沉，雨要来不来。懒得出门，窝在旅馆里，看着窗外的一株石榴树上开满的花朵。红艳艳的石榴花，脑海里想到的也只有“五月榴花红胜火”。啊，榴花开欲燃！然后雨就来了。

在窗前喝茶，看了一部电影，那个人太悲伤，我忍不住也悲伤起来。“我该怎么办呢，你突然离开了我，我该怎么办呢，没有你的人生……”他唱得悲痛欲绝，几乎要哭出来。他在唱给谁？也许是唱给他自己吧。只有自己才知道自己哪里疼，才知道自己的绝望之处在哪里。

但是，他那样的悲伤，我不可能有，从前没有，以后应该也不会有。经历真正悲伤和绝望的人，其实少之又少，大多数都是在无病呻吟。但是，要怎样才能够回到从前呢？怎样也不能够回到从前。这正是人生的悲剧所在。

看着电影，我想起乘坐的大巴穿越一条长长的隧道。车厢里光影闪烁，像寂寞下来的跳舞场里昏黄的灯光。电影里那火车从高高的山间隧道穿越过来时有唯一的光亮。黑暗中，光亮越来越近，越来越快，势不可当。灯光撞过来的时候，也是他撞上了不可挽回的命运。

电影看完了，石榴花还在雨中摇曳。雨哗啦啦，哗啦啦，仿佛世界上只有雨声。多么美。你在这雨声中吗？

雨仍在落。窗台上一盆天竺葵红艳欲滴。

我想起身边发生的事，忽然觉得十分厌恶。有对他人的厌恶，更多的是对自己的厌恶。我们常常用两重标准来对待他人和自身。“有两种东西，我对它们的思考越是深沉和持久，它们在我心灵中唤起的惊奇和敬畏就会日新月异，不断增长，这就是我头上的星空和心中的道德律。”这是刻在康德墓碑上的一句话。康德所说的星空和道德律究竟意欲何指？我们身边发生的事情如与道德无关，又与什么有关？

我忽然觉得十分沮丧，也许，我再不能向你诉说旅途的风景；不能告诉你一朵栀子花开成了一个美丽的白色的小风车；不能告诉你，从高处往下看，那一小片池塘里，荷叶那么小，那么小，就像一粒粒青梅，正如春风的余愁；当然也不能告诉你过桥的时候，面对波光粼粼的水面，我痛哭失声。但是眼泪为谁而流呢？我不知道。

二〇一六年六月二日

他读完十分惆怅，一时竟不知这信是写给谁的。这大约是妻子的最后一封信。因为第三天，六月四日，她在去往云南的路上出了车祸。

消息传来的时候，他震惊大于悲痛。他知道车祸每天都在发生，每天都有人死，但是这次竟是身边的人，他的妻子。他觉得有点怪异，似乎车祸、意外诸如此类种种，都是别人的故事、别人的悲剧，怎么会发生在自己身上？

妻子每年都要出去一趟，独自一人。之前也要他陪同，但他终究是个懒散的人，不喜欢出门，不喜欢到别人的故乡去凑热闹，更厌倦旅途的跋涉和出门在外的各种不便。还有什么地方比家更舒适呢？一杯茶一本书足以打发无聊时光，要什么旅行，哪里还有什么不同的风景呢？

但妻子不同，她喜欢出门，即使只是在陌生的城市里，一天到晚窝在小旅馆里听旁人吵架；即使只是在那地方的路边去吃一餐饭，或者看看路边的花——这花哪里没有呢？他并不能理解。

妻子要求了几次，无果，渐渐也就习惯了自己出门。一个人的旅行，她竟也乐此不疲。每年的休假，几乎都被她用来外出旅行了。

每次回来，妻子总会带一些奇奇怪怪的东西。好用的笔——哪里没有呢？线香，茶叶罐，有次竟买回了一支烟嘴——谁抽烟呢？她说好看，好玩。诸如此类，数不胜数。

窗外一片暖黄色，雪逐渐大了起来。他站在窗前，看雪一片片飘落。雪片大而轻盈，隔着窗户，仿佛能听到雪落的簌簌声。地上已经有了些许积雪。晚自习放学的孩子背着书包，叽叽喳喳地路过。远处传来隐隐约约的歌声，他想象那是一个幽怨的、不辨性别的声音在唱《翠湖寒》。这样想的时候，耳边仿佛真的传来了“我曾在翠湖寒，留下我的情感……”。他忽然想起来，妻子无事时经常哼的就是这一句，她只会这一句。他不止一次地嘲笑她，所有的歌几乎都只会唱一句。

及至此刻，他才仿佛想起来似的：那信是写给谁的呢？lyg是谁？是什么人的名字缩写吗？是男是女，是姓林、姓李，还是姓刘、姓黎？

他有点惊讶，又有点慌张。啊，这个lyg，究竟是谁？是亲戚？朋友？还是，还是情人？

那个人从来没有回信吗，还是回信都被删除了？

他想起有人跟他讲过的一个故事。一对结婚多年没有孩子的夫妇，新搬来的邻居小伙儿几乎成了他们家庭中的一员。他们甚至给了他一把自己家里的钥匙。某天，这个年轻人遭遇了车祸，在医院昏迷不醒，夫妻俩的婚姻竟也因此陷入了危机。一天，丈夫意外地发现这个年轻人和妻子原来就认识，因为成了情人，才住到了他们的隔壁。

这样可怕的事会发生在自己身上吗？他想了想，又觉得把可笑可悲可叹的故事情节加诸己身有点过于敏感和悲观，于是关了电脑，决定去阳台收拾那些花草。

栀子花早已经成了干枯的植物“标本”，有几朵干花在枝头，泛起深褐色；酢浆草干瘦成一根根头发丝；绿萝仍有绿意，却是枯萎的绿；仙人掌盆中的土和盆壁之间裂了好大的缝隙……他试图细细观察每一种从前他不曾留意的植物，却只看到了它们的死态。看着这些枯萎的植物，他心里翻飞的仍是发件箱里那一封封没有称呼没有落款的信。他用力拽那绿萝枯萎的茎，却没想到干了的茎竟有些韧劲，一时没有拽断。他找来剪刀，剪完了绿萝，索性把所有枯萎的植物的枝干全都剪掉了，从厨房接上一桶又一桶的水，逐个浇了一遍——全然不顾那些花已经干枯的事实。仿佛它们只是短暂休眠，只要他想起来浇上足够的水，就又能重新复活——也许，妻子的车祸也只是一个玩笑，再过一段时间，她就会像往常一样，提着一些或稀奇古怪或普通平常的小玩意儿出现在客厅。那么，就能问问她，这些信究竟是写给谁的。想到这里，他忽然打了一个冷战：幻想妻子活过来，竟然只是为了问一问这些信写给谁？他为自己有这样的想法而吃惊，呆立在阳台边，愣了许久。

许久没有吃水的盆土一下子填满了水，有些不太习惯似的，很多水从托盘里流了出来。阳台上积攒了许久的落叶、刚刚剪掉的枯枝和漫延得到处都是的泥水，一片狼藉。他一下子生起气来，用手掌带着袖子在阳台上使劲地、胡乱地擦。擦了一会儿，阳台上显得更狼藉了。他颓丧地一屁股坐在沙发上，任凭袖子上的水滴落。不知什么时候，他脸上的泪水也滴到了沙发上。

呆坐了好一会儿，胳膊上的凉意让他站起身来。窗外仍在落雪，雪映出的温柔的暖黄色的光芒让整个窗外看上去像个梦境。“这样的夜晚，适合拉开窗帘睡觉。”他耳边回响起妻子的话。他叹了口气，去卧室换了身衣服，又到书房里坐下，重新打开了电脑。

第一封信写于二〇一二年的秋天。

> 今日白露。这是我写给你的第一封信。
>
> 白露。露从今夜白。但白露像一个妖娆的风尘女子。
>
> 啊，我有万语千言，却又无从说起。
>
> 那就这样吧。
>
> 二〇一二年九月七日。白露。

仍然毫无线索。他一封封看下去。发件箱里有一百多封邮件，全是发到这个人的邮箱。

那些信全无称呼，也没有一些客套，没有“见字如面”“近安”诸如此类的问候，仿佛日记、摘抄、天气播报。一些信件短短的，只有一句话，比如：“世间万物皆有情，而人例外。”有的是摘抄，比如，“王尔德说，一个人，不能永远在胸中养着一条毒蛇；

不能夜夜起身，在灵魂的园子里栽种荆棘”。一些又长得要命，他甚至没有欲望去看完。他一封封打开，想去找寻有关lyg的哪怕一点点信息。但是没有。他在慌乱、匆忙和急躁中，找不到一丁点火线索。

他重新关了电脑。随手摸起一本书，却一个字也看不下去。如果说一开始是好奇，现在他心里已经有了许多的悲哀和空旷了。他心里生出这种疑问的时候，又生出了新的疑问：这样的事情，究竟是怎样的事情呢？逝者已逝，即使真如他想象又怎么样呢？又有什么意义呢？

而且，他并不觉得妻子是一个有着这么多秘密的人。

她是一个乐观的人，常常开怀大笑。在单位人缘不错，家里收拾得井井有条。他们结婚将近十年，恩爱有加——但，什么是恩爱有加呢？他们彼此体谅，至少他是体谅的，她也并不给他难堪。

她热爱生命，或者更明确地说，她怕死。

她喜欢花花草草，家里到处都是盆盆罐罐。

她有矫情的小情绪，一点点小事哭得稀里哗啦。

她也有鸡零狗碎的唠叨和挑剔，看十分钟的电视要吐槽十二分钟，不让看还非要看……

生活琐事太多，能从一年的烦琐中抽出几天时间出门，是多么好！妻子常常如此感慨。在不同的地方，像是过别人的生活。有一次，她这样告诉他。

过别人的生活？别人的生活是什么样？他莫名惆怅。

茂林修竹。灰白的公路在山间隐约可见。每一座山头都被浓密的绿包裹。我知道，这是南方的山，山上隐约可辨的有竹、橘、椿树、枇杷、洋槐、樟树、女贞、楸树、松树，更多的是我没有见过或辨识不出的树木。芭蕉摇动它们硕大的叶，偶尔，路边闪过一株高高的开着粉色花朵的蜀葵。

路在高处，低洼里有白色、灰色的房子。有一层绕着一层的田地，大多是玉米、水稻。稻田里的水光在并不热烈的阳光下闪动。

这些南方的田地里生长的植物，在南方温柔的水汽包裹中葳蕤繁盛。它们几乎不知道冬天是什么样子，也几乎不会落叶。

“夏虫不可语冰。”我忽然想起了这一句。

然而，又何止是夏虫。

人们在得意时，怎么能想到将来会有荒凉的时刻？人被完满的爱意包围时，谁会念及无人在侧时的落寞？而这荒凉与落寞，本来是人生的常态。不去念想也无妨，不会经历自然更好。只是，我们在彼时，怎么回想此刻？

胡乱地想到这么多，算是借景抒情？然而这满目牛机的景，与我不着边际的情又有什么关系？

二〇一五年六月二十二日。夏至。

今日梦见母亲死了。我在梦里使劲哭。墓碑前有一个山洞一样的窝棚，我在那儿住着。周围是玉米地或者麦田。暮色渐渐散开，先前还有乡人在田里劳作，但听说这是墓地后慌忙奔走。我害怕极了。跑到地头遇到一个又聋又哑的乡人，向他比画我的恐惧。他过来陪我。

后来，也许是另外一个梦境了。我发现身旁有一个熟悉的面孔。他高大，宠爱我。我们在人群中，他紧紧拥着我，偶尔低下头轻轻亲吻我。我紧张羞涩，怕被别人看到。但他说，有什么关系！没有关系。因为我爱你。可是他是谁？我以为是我的丈夫，但是他并没有那么高，也不会那么紧紧地毫无顾忌地拥着我。

梦醒后，泪水打湿了枕头，梦境的暖意围绕着我，而心里仍空荡荡的，好像真的有那样的一个爱人从我的身边消失了似的。

秋天来了，风雨呜咽。

你说，是我们过于贪心，不满足于身边已有的情感，还是我们本性如此，心里总还有一个模糊的温柔的影像？那个人也许并不存在，那个人也许永远不存在。他是我们内心所有完美的统一，是世界上所有的美和无尽的忧伤。也许吧。

二〇一四年八月七日。立秋。

回老家参加婚礼，也当作旅行之一种。久不在的故乡，其实已然是他乡。村子多半是空的，只有老人和孩子。

此刻夜晚静寂，天空星繁。小时候并不注意天色、黄昏、夕阳、夜晚和星月，也不关心流水、芦苇、麦田、树木、蝴蝶和花草。如今再来关照它们，早已非旧时模样。

远处公路上偶尔驶过的车的灯光，隐约照见村外的田野。小麦处于扬花期，麦田里没有风，小虫子叫呀叫。河边有杨树、枫杨树、洋槐树、苦楝、柳树、泡桐。树引来了风，风吹动树叶，哗啦啦，像下一场大雨。天上的星星在闪。

这么多年，大约只有这几天是全家都聚在了一起。欢喜热闹中旧忧未尽，又添新愁。说起来也并无大事，不过是大家以俗世的幸福要求我们。比如，该结婚的要结婚，结婚的要赶紧生，一个催逼一个，仿佛岁月可以如此顺流而下，仿佛人生就这样一眼望尽。然而，幸福是什么？俗世之幸福大概是一种从前的人们在漫长的人生中密谋好的生活范式。这自然也是好的，也不能说不是我想要的。只是更多时候，我太容易想到逝去的亲人和朋友，想到众多孤独而悲伤、而甜蜜、而迷茫的时刻，想到生命之软弱、脆弱、无聊和无助，想到无法实现的和在心里死掉的梦，想到不可避免的重复跌倒和不能更改的宿命，不可控制的贪念和想要无限克制的欲望，还想到无人分享亦不可言说的秘密、田野的风声，想到遥远天边刚看到光芒却可能早已陨落的星辰……想太多无聊琐事、无情往事和无望前路。总结至此，也不过是不安于现状又不思进取。然而，进取呢，又是什么？不辜负某段岁月，如用心用情，不扰他人，不负自身，是否也可算不辜负？世间事，不够沉醉便是无趣，过于沉醉又算执拗，哪里有刚刚好。

春风无限但终会过去，且春风也未必都温柔，温柔太必是好；夏日夜晚也将到来，且夏日并非全然燥热，清凉夏夜亦有无限忧愁和心碎。

我们并不能知道田野里一株孤零零的树有什么心事，就像我们永远不能彼此了解和相互拥有。

二〇一三年五月。立夏。

静下心来，点开一封一封的邮件，看得他心里空荡荡的。他忽然觉得一点也不了解妻子。可怎样才算是了解呢？我们怎样才能真正了解和认识另一个人呢？也许，每个个体对了解的要求不同、体悟不同，也许把默契当成了了解，也许更多的人把习惯当成了了解。

人们生来孤独吧。他想。渴望另一个人的了解也避免不了这种与生俱来的孤独感。而要进入另一个人的孤独，有没有可能呢？如果我们真的可以逐渐了解另一个人，也只是因为那个人愿意被了解吧。而且，你所了解的部分，都是对方主动给予的。一个人不可能知晓另一个人从不言说的心事，至少不能完全知晓。但是，人们对自己的了解呢？人们真的了解自己吗？他也说不清楚。

我对生活感到厌倦。我不想和人说话。不想笑。也不想哭。熟人们聊起的，我渐渐不感兴趣了。吐槽、抱怨、期待，诸如此类，我都不想加入。对这些无聊的话题感到十分厌倦。觉得生活中应该有一些其他的事情去关注、关心，而究竟是什么事，我又不知道。我们所认为有意义的，在别人眼里也许不过是笑料罢了。

二〇一五年十月八日。寒露。

很多时候，我问自己，我是善良的吗？善良的人是什么样？不伤害别人，对万物抱有最诚恳的同情，热爱一切的美。是否如此？我不知道。我时常对他人漠不关心，和人们分别的时候不会流泪，即使有的人一生不再相见。薄情早已经刻在了我的骨头缝里。

那么将来，有一天我与你分离，我会不会哭泣？不会的，不会的。有太多的事需要我们饮泣。分别算什么呢？更何况根本不曾相聚。

二〇一五年十一月二十二日。小雪。

在深夜，大多时候都是在深夜，他看着妻子写下的一封封信——那早已死去的时光呵！那些段落、句子、词语，也像随着她的死去消亡了一般，在屏幕里死气沉沉。但有一瞬，他又恍惚觉得那些文字，那些组成了一个个忧郁词语的文字，每一个都在幽幽地盯着他，仿佛倾诉和抱怨，又仿佛鄙夷和嘲弄。

他不知道怎么面对这倾诉和抱怨，鄙夷和嘲弄，只好在无数个不能打发的夜晚给那些早已干枯的花浇水——好像只要浇水它们就能复活似的，然后再一遍遍地翻看那些邮件。

有一天晚上，他再次打开邮箱的时候，忽然想，那个lyg这么久没有收到邮件，知道妻子发生了什么事吗？那个人难道没有疑问吗？然而收件箱里除了广告一封来信都没有。妻子的手机保持着开通的状态，也没有特别的电话和短信来询问。也许那个人并不知道妻子已经去世了。如果从前的来信都被妻子有意删除，但最后一封信，也没有收到回信啊。也许，他们还有着别的方式互通消息，或者那个人并不在乎妻子的来信。他越这样想，越觉得这就是真实情况，不禁有点悲伤了，不是为自己，而是为妻子。这样的情真意切的倾诉，竟换不到只言片语的回应吗？那个人究竟是怎么一回事？

悲伤越来越大，那一刻，他仿佛成了妻子，得不到回应的悲哀和绝望成了他正在切身体验的情绪。那一刻的他，深陷在那些邮件所表露的情绪里，深陷在那些情绪得不到回应的哀伤里。

他莫名想起一位学物理的朋友曾经告诉过他，有一种基本粒子，其存在和不存在是瞬间体现的，而这种瞬间体现与否并不是所说的不稳定，而是说：这种忽有忽无就是它的本来状态，而且与能量无关，它无的时候，既没有场也没有能量释放，它有的时候也不吸收任何能量。“最令人吃惊的，你知道是什么吗？”朋友神秘兮兮地问他，又接着说，“最令人吃惊的是，它的存在与否和人的意志和心情相关。也就是说，当你意识到它存在的时候，它就突然存在；意识到它不存在的时候，它就彻底消失——当然，和你们文科生说这个完全是对牛弹琴。”

当时他没有且也没想到辩驳，后来他想，这样的物理问题难道最终不是哲学问题吗？时至今日，他也不曾找资料去验证，他不懂物理，不知道这种现象是不是真实的科学，只是在听到结论的当时，觉得内心凛然。

如果真的如此，是不是当时他真的有那么一瞬因为强烈的意愿而体验到了妻子的意识？但如果这种情况真的存在，那么妻子真的会因为一封封得不到回应——而且也未必没有得到回应——的信而感到哀伤吗？如果她真的在意所谓的回应，还会一封封写下去吗？

这样胡乱想了许久，他突然决定用妻子的邮箱给那邮箱发一封邮件。

然而，打开写信页面的那一瞬，他又有些犹豫了。写什么呢？他思来想去，不知道该说些什么。总之，是应该告诉那个人，妻子去世的消息吧。

你好，我不知道你是谁，我是她的丈夫。我最近才知道这个邮箱，才知道你的存在，不管你是谁，我想我应该告诉你，她去世了，车祸，时间是二〇一六年六月四日。

他写了删，删了又写，到了凌晨三点钟，才写了上面这几句话，准备发送的时候，又犹豫了，这样会不会过于荒唐？之前从未有过回应——姑且这样说吧——那个人看到妻子的死讯会有什么样的反应呢？他会回信吗？然而，不管他是怎样的人，至少对一个生命的逝去会有所触动吧。更何况这个生命曾那么信赖地向他倾诉衷肠。

他想了想，将上面的话又做了改动：

你好，我是她的丈夫。她去世了，车祸，时间是二〇一六年六月四日。

然后他点了发送。那个人会不会回信？如果回信，是不是可以问问他到底是谁，他们是什么样的关系？也许谜底就此可以揭开了。

怀着隐秘的希望和期待，他每天打开邮箱查看。然而，一个星期过去了，一个月也过去了，他并没有收到只言片语。

他心里懊悔并且恼怒。真不应该写这封邮件的，这样的话，也不会有诸如此类的烦恼。而再想一想，他又怪起妻子来，写了这么多的信也就罢了，自己一直都不知道，不也是很好？偏偏要把账号和密码留下来。就让一切随着她的消失而消失，该有多好。

他也明白，自己的这种“迁怒”毫无道理可言，但事已至此，仿佛只能找找别人的错误，来稀释自己发了那一封邮件的懊恼。

漫长的冬天终于过去了。他很少再去登录那个邮箱查看有无新邮件。

当渡春路上桃花开的时候，他忽然想起来妻子曾经在一封信里提到过桃花。他打开邮箱——自然没有什么来信——一封封找了许久才终于找到了那封信。

今天，我看到渡春路上的桃花开了。春风微凉，桃花们却开得繁盛，仿佛春天已经无处不在了似的。

其实，这一路上的桃花并不好看，它们过于繁密，过于乖巧，却又一副唯我独尊的骄傲样子。

我见过的最好看的桃花在山中。

有一年春末，我们去登山。山脚林木繁茂，绿叶葳蕤，已然有夏天的意思了。通往山顶的小路曲折幽深。越往上，树木越高大修长。及至山顶，走路走出的燥热在山顶的春风吹拂下消失殆尽，我倚在靠近悬崖的栏杆上，忽然看见对面的两座陡峭的山峰中间有一株斜伸过来的、正在开花的树。淡粉色的花朵松散却不凌乱地绽在枝头，风吹枝头摇动，一两片花瓣淡淡地落下来，自有一番风致。

风吹走了雾气，阳光从山那边照过来，我才发现，那是一株桃树。人间四月，山寺桃花。那株背山峰、临深谷的桃树就那么孤零零地斜立在那儿。如果它也有思想，你猜，它会想些什么?

王阳明说过：你未看此花时，此花与汝同归于寂；你来看此花时，则此花颜色一时明白起来。

果真如此的话，那花树是否是另一个自己?是另一个自己在遥远的不能到达的彼岸，与尘世的己身遥遥相望?

并不是每一个人都能知道并看到另一个遥远的自己。然而，如果能知道，是不是在这世间的孤独就少了几分?

二〇一六年三月九日。晴。天蓝蓝的。

哦，那次登山，大约是四五年前，他们俩非常难得地一起去郊外。“算是春游。”妻子说起来的时候欢欣雀跃。其实在城里已经算是初夏了。“那，就算我们去山中寻找春天。”妻子像个天真的中学生，一脸期待。他不忍拒绝，于是才有了那次登山之旅。但是那株桃树，他完全没有印象。

“当你意识到它存在的时候，它就突然存在；意识到它不存在的时候，它就彻底消失。”他的耳边再次回响起朋友的话。

如果这是真的，什么是存在呢?组成我们身体的物质会因为我们的个人意志而突然消失吗?那么疾病呢?某种病灶是否会因为我们的强烈意志而自行消失?意外呢?就像车祸，如果我们在心里默念不会发生，是否就真的不会发生？不可能的。他苦笑，这不是成了狡辩和邪说了嘛。

然而，不管怎么说，未知的仍旧未知，而消失的已然消失。我们的意志又算什么呢？

下班的路上，他从渡春路那些开花的桃树上折了一枝桃花。晚饭后，照例给那些干枯的植物浇水的时候，忽然看到原先栽种酢浆草的盆中冒出了两棵弯曲的新芽。他端到灯光下仔细观察，确实，是酢浆草的新芽。他心里有一点欣喜，又有一些释然。忽地想起路上折回的桃花，于是走到玄关，把那枝半开的花斜插在了新芽旁。

暮 晚

他坐在门口，看着风吹过树梢上的麻雀，吹过猪圈上遮雨的塑料布。风哗哗地响。风又吹过园子里的小青菜，冒着微微寒气的小青菜抖了抖叶上的雪。风就吹到他跟前了。几乎全白的胡子已经不像往常那般坚硬，迎着风他伸手捋一捋胡子，早晨吃的稀饭又洒到上面。冬天洗还得烧热水，儿子不在家，自己腿脚不麻利，点火烧柴也不是件容易的事。于是那胡子上总是有些黏糊糊的脏，但是老了呀，老了，就不管那么多了。

他坐在门口，看着风又吹到路边的麦田。那些麦子刚刚经历过一场小雪，干黄灰绿的麦苗顶尖上还有一些未融的雪。清早的阳光照着雪尖儿，麦田像是笼罩着七彩霞光，五颜六色。然而他的眼睛已经不好用了，年轻时失明的那一只，见风就流下浑浊的老泪，时不时得用手巾擦一擦。好的那一只也日渐模糊，只能看一看近处的麦田。至于远处的青河，青河对岸的火车道，火车道那边的女儿家，那个长满梧桐树的小村子，他只能在模糊里辨认它们往日的模样。

哎，今天的太阳出来得有点早，他醒得更早，年纪大了，睡眠不好，夜里三两次咳嗽一折腾，这觉就别想睡好了。起来又不能做活儿，漫漫长夜，他左等右等等不来鸡叫。四周一片安静，偶尔有老鼠“哧溜”一声蹿过梁头。

他想起从前的时光。天不亮就起床，老婆子烧火做饭，喂鸡，打扫庭院，他把牛从圈里牵出来，拴在门口的牛槽前，喊儿子一起铡草，淘草，喂牛。都忙活一遍，就下地捉虫去了。夏天的清晨，棉花硕大的叶子上沾满露水，他在棉垄里穿行，露水打湿脚尖。凉快的天气，害虫们也出来吃棉花、吃棉桃。在花朵里扭动肥大的身躯聚精会神吃着花蕊的虫子，在他手里转瞬掉入塑料瓶里。这是他的功劳：大半瓶子的虫子带回家，老婆子喂的那些鸡争着抢着吃。

如果是冬天，这样的雪后清晨，他是不会起这么早的。躺在床上，他知道，院子里的无花果树上落满了雪，葡萄藤上也有一痕浅浅的雪。打鸣的公鸡跳上去，叫两声，树上积雪应声而落，纷纷地，如一场微型风暴。

然而现在，好不容易熬到天亮，起床后他连烧火的力气也没有了，手哆哆嗦嗦，柴火也抓不住，火柴得擦好几下。年轻人性子急，看着他慢吞吞的模样，就来了火，半软不硬地说，门口坐一会儿吧，不要你烧。于是他只好坐在门口。牛槽仍在那里摆着，他看着长大又变老的黄牛也早不见了。这些年，乡下生活也好起来了，犁地、播种、收获都是机械，哪里还用得上牛。儿子说，卖了吧，卖了把前头三间厢房起了，以后可以放粮食，堂屋里专门住人。

儿子说卖就卖了吧，自己又不能一日三餐地喂它。右腿上早年留下的疤，又疼起来，走路都费劲，更别说是做点家务了。他叹一口气：这说老怎么就老了？

门口的大黑已经不在了，拴狗的橛子还在。这事怨他。

前几天他拄着儿子专门给他做的拐杖到老邻居老李家，不到十分钟的路程，却走了个把小时。他布满风霜的脸上露出一丝苦笑：原来老，真的这么快。一半天坐在门口唠嗑，不说话的时候就晒太阳。坐下去就不想再站起来，太阳暖暖的，又没有风，眯着眯着就睡着了，一觉醒来，太阳已经偏西了。于是扶着墙起来，刚回到家，就见儿子的脸黑着：大黑呢?!

大黑呢？日头里还在，怎么就没有了？后来约莫知道，是偷狗的贼把大黑弄走了。这贼娃子也是精明角色，看见老头天天日日在门口待着，大黑就在一边，温顺又有些凶狠。大黑百十来斤的体形让那些人眼馋，一定是趁着老头子不在家用药放倒了大黑。

他不说话，任儿子发半天的脾气。他低着头，不知怎的，忽然想起儿子小时候挨他训的情形：那个半大小子，放牛把牛放到人家的麦地里了，乡邻找上门来，他结结实实地打了一顿，然后又一顿臭骂。那小子也是低着头，不说话，一如他今天的模样。想起这些，他忽然想笑了，可转念想到长这么大的大黑就这么被人偷了去又有点难过，加上理亏，就收敛了刚刚露出嘴角的笑意。祸事闯下了，没有了大黑，以后也再不串门子了，老老实实地待在家里，坐在门口。

太阳轻轻悄悄地朝东南方向移了移，他换一个姿势，蒲团上已经坐出一个深深的窝，里面的麦秸都被他坐软、坐碎了。顺着太阳的脚，他朝园子看去，几排小杨树裹着好几层塑料膜，那是儿子怕树冻坏了给裹上的。这么多年，虽然没有留给儿子什么，但是弄活庄稼养猪喂牛一点也难不倒他。这一点儿子做得很好，不像老李家俩儿子，出几趟门，回家来这也不满意，那也看不惯。他心想：眼高手低连人都做不好，还怎么修身齐家！他没有念过书，却从电视里知道修身齐家治国平天下。他一直觉得这是一种做人的道理。不过，他亦是明白，庄稼人终究是个庄稼人，从泥土来还得向泥土要饭吃。

一个人一种命，不能说不好，也不能算认命。他总是觉得城里人也有城里人的苦，不然怎么个个愁眉苦脸，时不时就往乡下跑。这是他的逻辑。年纪大了，终于觉得没有白活一趟，看东西老练，比儿子还是强一些，毕竟年纪在那儿搁着。

耳朵还好的时候儿子也跟他唠嗑，说人家从外面带来了这个，带来了那个，儿子也想出门。搁不住儿子的软磨硬泡，他终于点了头。两个月之后儿子回来，说挣的还不够花的。儿子嘟囔着想家，想大黑，想喂牛，又磨磨叽叽说汽车声吵得睡不着。他就知道儿子不是城里挣钱的料，儿子心思单一，年纪又小，到城里头脑子不够用。他满意地看着儿子从他手里接过牛绳。

老婆子的病一天比一天严重，他就张罗着请媒人给儿子说媳妇，也算是安顿老婆子未完的心事。媳妇娶回家半年，老太婆就撒手西去了。他叹口气，怨她走得早。都说少年夫妻老来伴，老了老了还是走了一半。

太阳光已经挪到原来拴大黑的门脚了。儿子上工快回来了。说起来也不容易，媳妇出门打工，孙子上学住校，个把月回家一趟，家里头要儿子照顾，家外头也得儿子奔波，中午还得回家给他做饭，匆匆忙忙的。自己耳朵不好，与儿子的对话像吵架，能少说就自觉地少说了。儿子一出门他连个说话的人也没有，大黑在的时候，还有几声吵闹，大黑不在了，整个院子静悄悄的，没个声音。

儿子引好火，填几根木柴，他坐灶门口扶着柴。看着儿子满头大汗地炒菜、贴馍，他心疼得不行，心里头想给儿子省点力气，想帮一把，却使不上劲，不然就是越帮越忙，添乱。老了，不中用啦，咋就不能利索点呢！他恨自己的眼睛不好用，恨自己的耳朵不好使，又恨起自己难以挪动的腿。儿子干了半天的泥瓦活，回来还得伺候自己这个老废物！他骂自己。这时又会羡慕先走的老婆子，好好地躺进了坟地。一年几节，儿子女儿都去坟头祭拜。女儿想起娘的好总会哭几声，他没来由地羡慕这哭声，他想若是他先走了，这哭声是不是就是给他的。人家说久病床前无孝子，虽说自己还没什么大毛病，但总是天长日久地拖着，儿子媳妇会嫌烦吧。将来一走，他们也会松口气吧。他还想着让孩子记着他的好，而不是厌倦。

唉，最近一段时间总是会想到死。人家说越是上了年纪越不去想这个问题，或许是逃避或许是豁达，但是他却是经常想到。然而并不是凄凄惨惨戚戚的，他竟还有些自得、骄傲，有时候想着想着甚至有些喜庆了。可不是吗？八十有三了，去了就去了，高寿，而且无疾而终，多喜庆的一件事啊！

最近他还经常想到老婆子，十几年前她刚走的时候，倒是经常想起，但时间久了就慢慢习惯了，而最近这一年来又经常想起来。他觉得这是老伴来叫他了。于是，他经常恍惚看见老婆子穿着对襟的棉褂子，头上还别着临终前他插上去的她陪嫁的银簪子，花白的头发在冬天的雪地里银光闪闪。

这样的次数一多，他就渐渐明白了是怎么回事。老了，老了呀，什么时候走，总会有预感的。老婆子的出现就是提醒他：来日不多矣。

吃罢午饭，他又慢吞吞地挪到大门口。新漆过的绿皮大门反着刺眼的光，他抬头看看太阳，太阳已经挪到靠西的方向了。这一顿饭吃得时间长。

他看看天，那朵云大大的厚厚的，白得像收到家里的棉花絮。他盯着那云朵看。没有风，他想这云怕是要在这待一半天了。他一直盯着它，脖子有点累了。他低下头，看一只蚂蚁从自己的脚下往原先拴大黑的木头橛子那儿爬。小东西爬得挺快。他又抬头看一眼天，视野里忽然少了点什么。他捋了捋胡子：噢，是那片厚厚的云，它原来待的地方只有几丝散乱的浮云，没有风，这么快它就不见了。他心里一阵唏嘘，低下头再看那只蚂蚁，也不见了踪影。它们都是快的，而自己越来越慢了。他在心里苦笑了一下。

冬日昼短，他坐在门口就这么看一会儿云，看一会儿蚂蚁，时间不知不觉就过去了。他抬头看一眼西斜的太阳。夕阳如同一双温柔的手，它抚摸一下树梢的麻雀，麻雀“扑哧”一声飞回巢了；它再摸一摸那些被风吹过的麦田，麦田霎时就镀上了一层金色的光，那温和的光里渗出丝丝的冷意。风于是一点一点地吹起来，他慢慢地挪动双脚，走回屋里。

天，终于黑了。